青森文化

現代香港詩之

人間清歡品詩香
月照浮生弄清涼

曾玉美 著

序

　　花甲將至，將翻人生另一頁的我，訂下了很多退休後工作計劃和目標，當中第一項目標，便是出版一本自己的詩集。

　　記得年輕時，我並不喜歡中文科，高中課程沒中國文學科，我無從接觸到中國文學，自然對文學不甚了解，更別說產生興趣。會考中國語文科成績只是中平成績，沒有突出表現。

　　步入暮年，我身心健康不斷轉壞。隨著生命色彩幻變漸多，我也開始閱讀更多，過程中漸漸喜歡了詩詞，更創作文章和詩詞。我對藏頭詩尤其喜愛，書內約有三百多首藏頭詩詞。

　　此書以一首詩為書名：《現代香港詩之「人間清歡品詩香，月照浮生弄清涼」》

　　書內約有六百多首詩詞，有遊記敍事、中外劇情節、歌曲翻譯成中文詩詞，亦有學生和朋友的唱和。我是浪漫主義者，不論甜酸苦辣、喜怒哀樂，我也想用詩詞去捕捉，更想藉著詩詞創作迎臨美好甲子歲月。

　　書中最後一首詩是有六百句的七言詩，是我寫過最長的詩作。特意寫六百句，是為了紀念自己六十歲，記錄過去中學的「黃金歲月」。也希望用過來人身份，勉勵學生在無涯學海中，勤奮不懈。我為了實現自己的教師夢想，一直不斷努力，希望讀者努力追尋夢想，希望大家欣賞我的詩集。感恩謝主萬物皆能！也多謝沙田崇真中學師生、保良局第一中學校友、Electron 群力創各隊友鼓勵支持！

現代香港詩之
人間清歡品詩香月照浮生弄清涼

二

退休

沙田名城教室建
田園莘莘學子軒
崇真基督教實踐
真理培育英才見
三字信望愛訓勉
十全十美德仁獻
五育靈性六樣全
年輕學子優才現
服勤主命福音傳
務光神恩照學軒
玉書樓台皆聚賢
美哉校績人共羨
榮神愛人感萬千
休訝恩典福滿天

2021

【註】　此藏頭詩是為自己退休紀
念而寫，我半生都在沙田崇真中學
服務，感謝主恩。詩中有校名、地
址、校訓、宗教等。

教師夢想

教育學行兩兼全
師者為範毅向前
夢朝飛躍彩雲處
想見詩篇永留傳

2019 年 1 月

【註】　二零一九年曾以此藏
頭詩申請「第三屆教師夢想
計劃」，可惜我落選了，我
仍不氣餒，繼續努力追夢。

關於作者

現代香港詩之
人間清歡品詩香月照浮生弄清涼

四

　　我是曾玉美，大除夕出世。大除夕是一年終結，也是一年之始，很有意思。所以我的英文名字 May，也取自「尾」的諧音，我相信一年「最尾」亦是最美的一天。我喜愛烹飪創作，寫食評。對美食的熱愛，也推動我參加不同機構舉辦的全港公開烹飪比賽（我在公開組得過兩次亞軍）。此外，我曾受邀撰寫食評文章。除了烹飪，我也喜歡藝術、歌曲、旅遊、運動、研讀中國文化，點綴生活。

　　自小生於貧窮家庭的我，直到十八歲為止也住在獅子山下的木屋徙置區。獅子山下的童年生活貧困，我們一家人雖然有淚，但亦有喜，我跟爸媽姊弟們同舟共濟，同時寄望「知識可以改變命運」。

　　我中學就讀慈雲山保良局第一中學，課餘組織了「Electron 群力創」，負責策劃多項課外活動，例如參與社區義工。雖然課外活動非常精彩，但學業成績很差，初中就留過兩次班，這曾令我意志消沉。但我後來意識到，人生路長漫漫，不可以白白蹉跎，就浪子回頭。藉此感謝母校保良局第一中學的培育。

　　中學畢業後，我升讀柏立基教育學院（即教育大學前身），投身教育後仍努力進修，在英國獲頒教育學士；同時我繼續進修，取得美國頒授的國際化妝師文憑。

　　因為我的學術背景，過去任職三所中學期間，我就分別任教中史和家政科，我亦有服務於香港教師中心委員會，也擔任香港家政學會幹事。在這教育界的經歷，令我獲益良多。漫長的教育歷程中，沙田崇真中學佔了大多數時間，有卅五年之久。我在沙田崇真中學生活精彩而豐盛，是前校長葉秀華太平紳士所成全的，她恩深義厚，我一直銘記在心。

　　私人生活方面，我婚後育有三子女，其後回復單身。我於 2013 年患上癌病，經治療後完全康復。貧困的家庭背景、婚姻的磨練、老朋友去世、交通意外的傷患，還有多年的眼耳鼻喉和腳患等，雖然聽來是沉重的片段，但亦是可貴的人生經歷，這些構成了我珍而重之的「生命字典」。起落幾番，特別感恩有主同行，恩寵吾命。例如我接受癌病手術後休養期間，竟獲得公開烹飪比賽教師組亞軍，真是奇異恩典！在此亦多謝阿翁與我合組參賽。經過起起伏伏，年屆六十，我終於發掘到自己對寫作的濃厚興趣，希望分享給別人，勉勵大家勿因年齡自設限制，而放棄自己夢想。希望讀者喜歡此書。

　　最後，我很想讀者給我指正賜教，也希望能夠與讀者互動，可以電郵聯絡本人（ymtsangmay@yahoo.com.hk）。

目錄

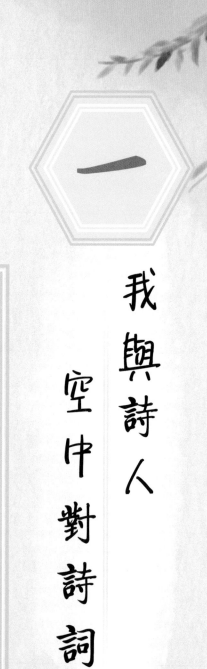

一

我與詩人
空中對詩詞

我很喜歡古詩，因為詞語精簡，意境美妙。我喜歡的詩人有蘇東坡、白居易、李白、唐寅、陶淵明、文天祥、西藏六世達賴喇嘛倉央嘉措和金庸。我特別喜愛唐寅，他又名唐伯虎，他才華橫溢出眾，詩書畫都非常出色。我常常閱讀他們的作品，隨之寫下自己的詩詞。

宋．蘇東坡之江城子

十年生死兩茫茫

不思量 自難忘

千里孤魂 無處話淒涼

縱使相逢應不識

塵滿面 鬢如霜

夜來幽夢忽還鄉

小軒窗 正梳妝

相顧無言 唯有淚千行

料得年年腸斷處

明月夜 短松崗

【註】　蘇東坡〈江城子〉是懷念亡妻，生前兩人感情深厚，他
事業上屢遭挫折，甚為苦悶，時常思憶和妻子在一起的日子。一
直到老仍是被貶外放，年過六十被貶到偏遠荒蕪之地，他懷念亡
妻，陰陽相隔。

天各一方

彼此天各在一方

恨長綿 萬里哀

萬般皆下 唯愛縫心房

一陰一陽分兩極

身勤勞 明日賞

早出晚歸身心傷

斜陽伴 落霞央

相映紅暉 落淚在心床

痛傷天涯無覓處

星空夜 苦嘆嗟

22-4-2016

【註】　閱讀蘇東坡之〈江城子〉，為他哀傷，也被感動。從他
的詩得靈感，寫下〈天各一方〉。

楓橋嘆之一

唐朝安史亂
詩人驚戰圈
張君離峰火
繼逃往別村
楓橋江蘇上
異地思故鄉
夜來坎坷嘆
泊舟苦孤單

3-8-2019

【註】 我於一九八六年曾到寒山寺旅遊，可惜未能聽到寒山寺禪院鐘聲。我讀張繼〈楓橋夜泊〉後，我同情張繼的漂泊孤寂和哀傷情懷，從他的詩得靈感，寫下〈楓橋嘆之一〉。

楓橋嘆之三

安史亂驚戰圈
離峰火往別村
江蘇上思故鄉
坎坷嘆苦孤單

3-8-2019

【註】 此詩詞藏於〈楓橋嘆之一〉，刪除了第一、二字，由第三至五字橫句組合。

唐·張繼之楓橋夜泊

月落烏啼霜滿天
江楓漁火對愁眠
姑蘇城外寒山寺
夜半鐘聲到客船

【註】 唐朝安史之亂，張繼逃避戰火到江蘇，在寒山寺聽到禪院鐘聲時感觸孤寂漂泊，所以寫下〈楓橋夜泊〉詩。

楓橋嘆之二

唐朝詩人
張君繼逃
楓橋異地
夜來泊舟

3-8-2019

【註】 此詩藏於〈楓橋嘆之一〉第一、二字直句方塊組合。

現代香港詩 之
人間清歡品詩香月照浮生弄清涼

一○

唐 · 孟郊之遊子吟

慈母手中綫
遊子身上衣
臨行密密縫
意恐遲遲歸
誰言寸草心
報得三春暉

【註】　孟郊早年漂泊無依，一生貧困潦倒，五十歲時才得到了一個縣尉的卑微之職，結束了長年的漂泊流離生活，他將母親接去同住。孟郊仕途失意，在世態炎涼時更覺親情可貴下寫〈遊子吟〉一詩。

寸草春暉

寸金光陰滅
草苗苗壯成
春去雲鬢白
暉光中念親

2018 年 10 月

【註】　我閱讀孟郊〈遊子吟〉後，從他詩詞「寸草春暉」四字得靈感，寫下〈寸草春暉〉此詩詞表揚親情孝道。

唐‧白居易之燕詩

梁上有雙燕，翩翩雄與雌。銜泥兩椽間，一巢生四兒。

四兒日夜長，索食聲孜孜。青蟲不易捕，黃口無飽期。

嘴爪雖欲敝，心力不知疲。須臾十來往，猶恐巢中飢。

辛勤三十日，母瘦雛漸肥。喃喃教言語，一一刷毛衣。

一旦羽翼長，引上庭樹枝；舉翅不回顧，隨風四散飛。

雌雄空中鳴，聲盡呼不歸；卻入空巢裏，啁啾終夜悲。

燕燕爾勿悲！爾當反自思：思爾為雛日，高飛背母時。

當時父母念，今日爾應知。

【註】 白居易借寫燕子築巢、哺育和教雛鳥飛行的過程來諷喻不孝的燕子也曾不孝，羽翼長成獨自遠走高飛。寓意為人子女須身教盡孝道。

春暉

誰解天下父母恩

言知燕詩孝道引

寸心刻苦扶成人

草苗幼秧盡愛心

心勞日虛淚滿襟

報恩常道古今恆

得伴慈親孝要真

三邊俱全莫問陳

春暖人間恩深感

暉采齊家世上珍

22-9-2019

【註】 我讀白居易〈燕詩〉後，得到靈感，寫下〈春暉〉，為表揚親情孝道，第一字直行句「誰言寸草心，報得三春暉」是來自孟郊〈遊子吟〉。

唐・白居易之慈烏夜啼

慈烏失其母
啞啞吐哀音
晝夜不飛去
經年守故林
夜夜夜半啼
聞者為沾襟
聲中如告訴
未盡反哺心
百鳥豈無母
爾獨哀怨深
應是母慈重
使爾悲不任
昔有吳起者
母歿喪不臨
嗟哉斯徒輩
其心不如禽
慈烏復慈烏
鳥中之曾參

【註】　白居易以慈烏自喻，藉此
表達恩情未報，未盡反哺心，十分
愧恨和哀傷。

儒家孝道

中原一片生恩光
國史長存孝勿忘
儒家釋載孝之始
家中行道立身知
孝親敬親順心意
道道諫親去惡之
核當立身美善時
心存反哺盡孝施
文章中外記孝義
化身寸草春暉宜
承恩之心孝相依
傳宏文化定不疑

7-8-2019

【註】　我讀白居易之〈慈烏夜
啼〉後，得到靈感，也閱讀中外名
人的孝道文章，例如：孔子、孟子、
莊子、蘇轍、沙士比亞、居禮夫人、
林肯等，他們的文章很好，有詳細
探討孝道。本詩第一字直行「中國
儒家孝道核心文化承傳」是表揚中
國文化的孝道。孝道必須要孝親、
敬親、順心意、善諫去惡、反哺養
育和立身為善等。

一三

詠情

朋友情義薄雲天
親子情重恩孝存
夫婦情摯梁祝心
師生情頌尊敬甚
愛侶情深海不枯
商客情切好招呼
兄弟情深如手足
國民情熱強民族
軍人情堅精忠厚
君臣情尚賢良屬
寵物情性愛心顯
環保情品保綠軒
少女情懷總是詩
訣別情絕哀怨時
睹物情思憶故人
奉獻情真念終身
偶像情曲痴痴醉
離別情抱難再追
出軌情偷無品德
賓主情好工踏實
叛逆情行家遺害
少男情寶浪漫開
人間情緣萬有誠
天若情牽天皆成
唯將情物表愛深
溫暖情心愛永真

5-8-2019

【註】 我讀白居易之〈詠慵〉，知道他是樂天隨緣，不刻意去經營生活。相反我會努力去創造機會，我覺得萬物有情，人際交往要關心，連結和努力經營。從白居易〈詠慵〉得靈感，寫下〈詠情〉此詩，每句第三字都有「情」字，我希望人人互相關心。

唐‧白居易之詠慵

有官慵不選
有田慵不農
屋穿慵不葺
衣裂慵不縫
有酒慵不酌
無異樽常空
有琴慵不彈
亦與無弦同
家人告飯盡
欲炊慵不舂
親朋寄書至
欲讀慵開封
嘗聞嵇叔夜
一生在慵中
彈琴復鍛鐵
比我未為慵

現代香港詩之
人間清歡品詩
香月照浮生弄清涼

一四

【註】 慵意思是懶惰，懶散，散漫無動力。什麼時候會變成慵？或許遇挫敗萬念俱灰，或許喜好悠閒慵慵懶懶不急的生活態度，或許追求不爭不理的處世態度。白居易不求富貴，也不爭不奪，他就是生活輕鬆散漫的慵人。

李白之靜夜思

床前明月光
疑是地上霜
舉頭望明月
低頭思故鄉

【註】　李白描寫平淡，但能引起人們心中的迴響與共鳴，此詩能千古傳頌，乃因撥動了人們心中思鄉琴弦。

風雨靜夜思

俯瞰港池央
遍地欠花香
風雨山竹勁
何處是靜廂

2018 年 9 月

【註】　李白之〈靜夜思〉是我認識的第一首古詩，多年不忘。我讀李白〈靜夜思〉後，得了靈感，在風雨飄搖的夜深香港，觸感寫下〈風雨靜夜思〉，盼望明天有朝陽，颱風「山竹」很快離開。

深秋韓景

遠眺漢江冷
離山雪更深
粗壯麗影在
口傳百里香

2018 年 9 月

【註】　此藏頭詩靈感來自一位友人在社交媒體的不雅用字訊息，我用詩詞描寫韓國深秋景色，實際諷喻，見第一字直行。

宋・文天祥之過零丁洋

辛苦遭逢起一經
干戈寥落四周星
山河破碎風飄絮
身世浮沉雨打萍
惶恐灘頭說惶恐
零丁洋裏歎零丁
人生自古誰無死
留取丹心照汗青

【註】　宋代文天祥在一二七九年在零丁洋作此詩，他回望生平，詩詞表達慷慨激昂，他很愛國，誓不投降，有視死如歸的情操，願捨生成仁。

文天祥之二

誰解憂患
無力宋室
丹心斷腸存忠
傲骨壯志長江
慘記殘紅
淚掛抱憾
2019 中秋節

【註】　此詩藏在〈文天祥之一〉，運用第三、四直行方塊字組合。

文天祥之一

人間誰解英雄淚
生於憂患未安居
自恨無力挽黃臺
古國宋室戰禍災
誰憐丹心忠義士
無限斷腸家國事
死為存忠肝膽義
英豪傲骨遺恨之
雄心壯志振沙陀
淚滴長江元生禍
沾悲慘記蒼生渺
濕煙殘紅家國消
衣冠淚掛文天祥
襟懷抱憾到青霄
2019 中秋節

【註】　我認識文氏後人，曾參觀新田文天祥祠堂，它很有歷史價值。我欣賞文天祥的情操高潔。我讀文天祥〈過零丁洋〉後，得了靈感，寫下〈文天祥之一〉詩。此詩第一字直行「人生自古誰無死，英雄淚沾濕衣襟」是讚揚文天祥。

璧月瓊樹

璧月夜夜滿
瓊樹朝朝新

《陳書》卷七皇后列傳 32 篇

【註】 疊字詩

宋嚴·羽之滄浪詩話評

青青河畔草
鬱鬱園中柳
盈盈樓上女
皎皎當窗牖
娥娥紅粉粧
纖纖出素手

【註】 疊字詩

星夜菊

星夜閃閃光
伊人悄悄訪
田園青青草
雛菊盈盈高

29-7-2019

【註】 我讀《璧月瓊樹》和《滄浪詩話評》得到靈感，寫下疊字詩詞 。第一、二字藏字「星夜伊人田園雛菊」。

一

相茫之一

兩兩相忘情不再
淒淒去雁獨鳥哀
飄飄浪花入孤台
渺渺雲霧任清海
悠悠苦思冷人間
長長簫曲飛星圈
月月華光花宮殿
夜夜無眠愁風酸
輕輕流水伴秋色
遙遙歸帆今無席
相相輕嘆窺明月
茫茫天地去無昔

29-7-2019

【註】 疊字藏頭詩詞，第一字直句「兩淒飄渺，悠長月夜，輕遙相茫」。

相茫之二

相忘去雁
浪花雲霧
苦思簫曲
華光無眠
流水歸帆
輕嘆天地

29-7-2019

【註】 此詩藏在〈相茫之一〉，詩詞內藏詩詞，運用第三、四字直行方塊組合。

相茫之三

相忘不再去雁鳥哀
浪花孤台雲霧清海
苦思人間簫曲星圈
華光宮殿無眠風酸
流水秋色歸帆無席
輕嘆明月天地無昔

29-7-2019

【註】 此詩藏在〈相茫之一〉，詩詞內藏詩詞，運用第三、四、六、七字直行組合。

相茫之四

兩兩相忘淒淒去雁
飄飄浪花渺渺雲霧
悠悠苦思長長簫曲
月月華光夜夜無眠
輕輕流水遙遙歸帆
相相輕嘆茫茫天地

29-7-2019

【註】 此詩藏在〈相茫之一〉，詩詞內藏詩詞，疊字詩詞，運用第一至四字，刪除第五至七字組合。

現代香港詩 之

人間清歡品詩香月照浮生弄清涼

仁

心懷仁愛處處忍耐
人有包容事事和諧

2018

【註】 疊字詩詞

治

手握世情道道聆聽
皇有海量物物繁生

2018

【註】 疊字詩詞

情

一花在手生生留念
家有整全寸寸繫情

2018

【註】 疊字詩詞

月
變

月缺月圓日日變
世事無常年年新

21-5-2015

【註】 疊字詩詞

天
變

密密麻麻天雨雲
疏疏落落山上人

22-5-2015

【註】 疊字詩詞

雪
月

皓皓白雪冷冰冰
圓圓滿月亮晶晶

10-8-2020

【註】 疊字詩詞

魏晉・曹植之七步詩

煮豆燃豆萁，
豆在釜中泣。
本是同根生，
相煎何太急？
（版本一）

魏晉・曹植之七步詩

煮豆持作羹，
漉菽以為汁。
萁在釜下燃，
豆在釜中泣。
本自同根生，
相煎何太急？
（版本二）

【註】 皇室宗親互相殘殺，為爭權位曹植急才能快速完成，免殺身之禍。

黑寡婦

黑寡婦蜘蛛
身艷亮黑珠
背紅沙漏署
品性血腥殊
雄蛛向愛莊
陷落殺戮坊
巫山愛恨纏
春雨後吞嚥
雌蛛冷無情
誘殺為強盛
難解生存命
世道哀悼聲

22-9-2019

【註】 閱讀曹植七步成詩，它表達皇室宗親互相殘殺，目的爭權奪位。從曹植遭遇得靈感，寫下〈黑寡婦〉。大自然中，不少動物也有互殘相嚙，弱肉強食，偶然從網上見到黑寡婦蜘蛛會吸引雄性，交配後吞嚙，世界之大無奇不有。

杜牧之清明

清明時節雨紛紛
路上行人欲斷魂
借問酒家何處有
牧童遙指杏花村

中秋節

中秋時節月光光
萬家彩燈放光芒
月餅鮮果月滿坊
闔家團圓福安康

22-9-2019

【註】　中秋節萬家團圓，吃水果玩燈籠，欣賞滿月，十分快樂。

悼念

蠟炬成炭隨風散
回歸塵土俗事刪
千年一夜如風逝
度盡年華枯竭淒

24-5-2016

【註】　我的生日和閨密鳳珊死忌扣在一起，這是特別的緣份。昨天達賢身故，他的死忌又與朋友生日扣在一起，我感觸寫下〈悼念〉。

清明中秋

清明魂斷緣
中秋合團圓
兩節走極端
感嘆人纏綣

22-9-2019

【註】　中秋節日看看詩書，偶然見杜牧〈清明〉詩，突然一反中秋節的喜悅感覺。清明節是懷念陰陽相隔亡人，中秋節是享受團圓共相聚。我笑將兩個中國節日放在一起，做了兩個極端對比，寫下〈清明中秋〉，情和景絕對不同的節日。

清明節

清天雲蓋煙雨茫
明日春酒愁滿江
節應陰陽墓前看
日避疫癘不上崗

4-4-2020

【註】　世界病毒流行，疫情嚴峻，也有限聚令，我留家避疫不外出，只在心中記念父親！寫下〈清明節〉詩。

不相逢

金風玉露不相逢
無緣相聚感慨中
思人何處是飛蓬
倚欄心窗不見蹤

25-7-2019

【註】 偶然從某電視劇中聽到「飛蓬」一詞，覺得很特別，很有詩意。於是尋找出處及意思，原來是出自唐羅隱詩。我寫下〈不相逢〉、〈一相逢〉兩詩作對比。

一相逢

金風玉露一相逢
有緣相聚樂其中
思念無眠似飛蓬
倚欄窗前賞星空

25-7-2019

【註】 偶然從某電視劇中聽到「飛蓬」一詞，覺得很特別，很有詩意。於是尋找出處及意思，原來是出自唐羅隱詩。我寫下〈不相逢〉、〈一相逢〉兩詩作對比。

唐·羅隱之酬黃從事懷舊見寄

舊遊不合到心中
把得君詩意亦同
水館酒闌清夜月
香街人散白楊風
長繩繫日雖難絆
辨口談天不易窮
世事自隨蓬轉在
思量何處是飛蓬

【註】 偶然從電視劇中聽到「飛蓬」一詞，覺得有詩意，於是尋找出處及意思。原來是出自唐羅隱詩。

現代香港詩之
人間清歡品詩香月照浮生弄清涼

二二

俗世

俗世人間愛雜音
舞歌曲調奏不停
為權為利晚回家
身居俗世享樂營
2015 年 5 月

蓮花

蓮花池塘君子臨
不愛濁泥污垢塵
懶理貪腐妖俗氣
不蔓不枝心愛民
2015 年 5 月

【註】 我讀陶淵明之〈閑情賦〉，知道他遠離俗世，也愛田園生活。我從〈閑情賦〉得靈感，寫下兩首對比詩，〈俗世〉表達都市人生活，多姿多彩；〈蓮花〉表達君子雅士出污泥不染，愛護人民。

魏晉·陶淵明之閑情賦

苦作樂
笑藏刀
俗世人間
問該如何是好
迎清風以祛累
寄弱志於歸波
坦萬慮以存誠
憩遙情於八遐

【註】 陶淵明之〈閑情賦〉寓意不會隨波逐流，不喜歡俗世，他用蓮花比喻君子。

一

唐·元稹會真記之明月三五夜

現代香港詩之

人間清歡品詩香月照浮生弄清涼

待月西廂下
迎風戶半開
拂牆花影動
疑是玉人來

二四

西廂記

張生遇鶯鶯
一見鍾情深
紅娘牽紅線
如願得美人

5-8-2019

【註】 讀元稹〈會真記之明月三五夜〉，勾起童年的娛樂記憶，我常常走去鄰居家中看電視，很喜歡童星馮寶寶主演的戲。她在《西廂記》主演紅娘，十分生趣。

西廂記元稹

元稹會真記
原為卿赴死
局內結良緣
關係局外完
奈何薄倖郎
年少任浪蕩

5-8-2019

【註】 童年喜歡看粵語片，《西廂記》主角紅娘是由童星馮寶寶主演，幽默可愛。《西廂記》的作者元稹編寫愛情故事，內容是愛情堅忠。但元稹自身卻用情欠缺專一，他是一個寡情薄倖郎。詩詞歌賦和戲劇藝術創作無限，可以超越現實。

明・楊慎之臨江仙

滾滾長江東逝水
浪花淘盡英雄
是非成敗轉頭空
青山依舊在
幾度夕陽紅
白髮漁樵江渚上
慣看秋月春風
一壺濁酒喜相逢
古今多少事
都付笑談中

【註】 楊慎因得罪明世宗，他戴著枷鎖到雲南充軍。押解到湖北江陵時，見一個漁夫和一個柴夫在江邊煮魚喝酒，談笑風生。他很感慨寫下了這首〈臨江仙〉。

功名浪花

飄飄水蒸渺輕煙
珠露泡沫功名宴
鴻圖利祿莫掛牽
後浪推前潮水遠
2018

【註】 我閱讀楊慎〈臨江仙〉，幻想眼前有澎湃海浪。十分可惜，不知有多少英雄像浪花般消逝，是非成敗都是一場空，人生隨著歲月消逝，功名似浪花瞬間消失。

唐・王維之山居秋暝之一

空山新雨後
天氣晚來秋
明月松間照
清泉石上流
竹喧歸浣女
蓮動下漁舟
隨意春芳歇
王孫自可留

【註】　此詩為王維晚年隱居時所作，描寫秋晚山景的純樸安靜，他喜歡山林生活，歸隱安適。

寒冬書齋覓詩之二

嚴冬風凜雪深裂雲
雄鷹星璽天嘯點嬌
書齋筆峰寂女馳駒
思潮覓詩江湧如雷

5-12-2019

【註】　此詩藏在〈寒冬書齋覓詩之一〉，詩詞內藏詩詞，運用第一、二字和第四、五字方塊組合。

現代香港詩之
人間清歡品詩　香月照浮生弄清涼

二六

寒冬書齋覓詩之一

嚴冬初雪深
風凜吹裂雲
雄鷹灰天嘯
星璽點點嬌
書齋夜寂女
筆峰飛馳駒
思潮長江湧
覓詩猛如雷

5-12-2019

【註】　天氣寒冷，我在網上聽歌睇片，見到王維〈山居秋暝〉詩詞被譜曲，歌聲旋律非常優美，因而興起靈感，寫下〈寒冬書齋覓詩之一〉。

唐・柳宗元之江雪　尋福

千山鳥飛絕
萬徑人蹤滅
孤舟蓑笠翁
獨釣寒江雪

百獸山中行
靈歌深海哼
眾生皆尋覓
福澤渡口尋

6-3-2017

【註】　我閱讀柳宗元〈江雪〉，想起大自
然界，眼前有一幅漂亮風景畫，有藍天，有
雪地。其中孤舟令我引發靈感，世人在苦海
尋福，尋尋覓覓，寫下〈尋福〉。

明 · 唐寅之一剪梅

雨打梨花深閉門
孤負青春，虛負青春
賞心樂事共誰論
花下銷魂，月下銷魂
愁聚眉峰盡日顰
千點啼痕，萬點啼痕
曉看天色暮看雲
行也思君，坐也思君

科網樂

智能接網可閉封
漫步天空，漫遊天空
天文地理世同論
室內逍遙，窗下逍遙
賞心悅目盡樂融
千種樂趣，萬種樂趣
曉通世典識無窮
聽也思網，看也思網

3-8-2019

【註】 閱讀唐寅〈一剪梅〉，我覺他用字有趣，詩詞結構特別。引發靈感寫下〈科網樂〉，每天我瀏覽網站，獲得資訊和娛樂，也拉近朋友關係。

明 · 唐寅之一剪梅

紅滿苔階綠滿枝
杜宇聲聲，杜宇聲悲
交歡未久又分離
彩鳳孤飛，彩鳳孤棲
別後相思是幾時
後會難知，後會難期
此情何以表相思
一首情詩，一首情詩

月滿圓

光滿金輝月滿圓
聲聲喜樂，聲聲歡樂
圓滿匆匆又盈虧
明月聲泣，明月聲棲
月出月缺恆常見
新月有期，圓月如期
滿月痴心憑誰寄
一首情詩，一首情詩

3-8-2019

【註】 我閱讀唐寅〈一剪梅〉，這是表達相思愁，詩詞結構特別。他有很多詩是用「月」字，恰巧我也喜歡用「月」字，因而引發靈感寫下〈月滿圓〉，此詩是用「月」字作樂。

一

現代香港詩之

人間清歡品詩香月照浮生弄清涼

三〇

明・唐寅之西江月

我聞西方大士
為人了卻凡心
秋來明月照蓬門
香滿禪房出徑
屈指靈山會後
居然紫竹成林
童男童女拜觀音
僕僕何嫌榮頓

秋香

我今痴情為卿來
為憶花容心底開
秋月唐君情相向
香風引入孤夢鄉
屈就候府僕充當
居士棄高尊榮降
童顏艷姿心上纏
僕訴情長夢迴牽

31-10-2019

【註】　某天學校早會，宣傳中國文學的藏頭詩，同學分享一首
唐寅〈西江月〉。他是我最喜愛的詩人，我聽完早會分享〈西江
月〉，引發靈感我寫下〈秋香〉詩。〈西江月〉和〈秋香〉兩詩
第一字直行「我為秋香屈居童僕」，我花了十分鐘便完成，很有
滿足樂趣。

明‧唐寅之弄月吟花詩　看星吟月詩之一

花香月色兩相宜
惜月憐花臥轉遲
月落漫憑花送酒
花殘還有月催詩
隔花窺月無多影
帶月看花別樣姿
多少花前月下客
年年和月醉花枝

【註】　每句有「花」「月」字

星河月照掛長空
彎月微笑星伴中
繁星映照含羞月
星月相暉影萬重
月影星光照雲霄
星聚銀河月更俏
新月相思星轉移
月殘暗淡星已消

25-7-2019

【註】　讀讀唐寅〈弄月吟花詩〉後，察覺每句有「花」、「月」字。從他的詩得靈感，寫下〈看星吟月詩之一〉，我喜歡看星月，所以每句都有「星」、「月」字。

看星吟月詩之二

月照微笑映照相暉
星光銀河相思暗淡

25-7-2019

【註】　此詩藏在〈看星吟月詩之一〉，詩詞內藏詩詞，運用第三、四字方塊組合。

看星吟月詩之三

星河彎月，繁星，星月
月影星聚，新月，月殘

25-7-2019

【註】　此詩藏在〈看星吟月詩之一〉，詩詞內藏詩詞，運用第一、二字方塊組合。

明．唐寅之言懷

笑舞狂歌五十年
花中行樂月中眠
漫勞海內傳名字
誰論腰間缺酒錢
詩賦自慚稱作者
眾人多道我神仙
此須做得工夫處
莫損心頭一寸天

言懷

埋首教室四十年
辛勞家務苦無眠
少年無知若似仙
輕狂歲月光陰去
暮年習詩樂趣追
自慚難比聖賢者
甲子追夢雲霄醉
懷抱理想玉庭居

25-7-2019

【註】 讀唐寅〈言懷〉後，我覺得他很懂生活情趣，享受生活。
我快退休，光陰似箭，青春逝去。我想留一點紀念，出一本詩集，
克服困難，我要努力實現，不要因為年紀老就放棄。

榮祿風光帶不走
華顛極盛莫強求
雲飄無邊心自在
上有閒霞彩旗海
飄然自樂乘風去
富貴功名財莫追
貴官皇臺幾惆悵
水邊冷看竟何須
中年盡此晚到時
搖首低嘆樹疏枝
知有人生高低處
己嘗浮雲已自知
共看黎明青山在
聚頭共席惜將來
飲盡福杯情誼載
頤養身康美樂開
養得中和照百年
護惜家園渡遙軒
天陰寒晚漸冬去
年華已逝護身軀

頤養天年

8-8-2019

明・唐寅之花下酌酒歌

九十春光一擲梭
花前酌酒唱高歌
枝上花開能幾日
世上人生能幾何
好花難種不長開
少年易過不重來
人生不向花前醉
花笑人生也是呆

【註】 讀唐寅〈花下酌酒歌〉詩,「花開有幾日?人生能幾何?」字字入心,有感而發寫下〈頤養天年〉,詩詞第一字直行「榮華雲上飄,富貴水中搖,知己共聚飲,頤養護天年」表達感受。光陰似箭,人生無定,要保養身心健康。這首二十句藏頭詩也運用在〈Electron 群力創四十年回顧〉詩詞內,以作總結。

長相思之一

長憶雛菊滿玉堂
相看淚簾掛美床
思念無眠難安寢
情天有陷缺情深
似夢人生幻非真
詩見悲秋難慷慨
緣遠清冷份今災
已逝東籬菊難開
撕盡誓盟君當改
念親毋忘麗願栽
卿飄雲遠鐵君哀
痴散自樂福康來

13-9-2019

【註】　讀李白〈長相思〉，這是一首情詩，哀
怨動人。引發我寫下〈長相思之一〉，詩詞第一
字直〈長相思，情似詩，緣已撕，念卿痴〉，此
詩詞為同情李白，代他表達。

現代香港詩之一
人間清歡品詩香月照浮生弄清涼

唐・李白之長相思

日色已盡花含煙
月明如素愁不眠
趙瑟初停鳳凰柱
蜀琴欲奏鴛鴦弦
此曲有意無人傳
願隨春風寄燕然
憶君迢迢隔青天
昔日橫波目
今成流淚泉
不信妾腸斷
歸來看取明鏡前

長相思之二

長相思 情似詩
緣已撕 念卿痴
憶看念天
夢見遠逝
盡親飄散

13-9-2019

【註】 此詩藏在〈長相思之
一〉，詩詞內藏詩詞，第一、
二直句字。

長相思之三

雛菊淚簾
無眠有陷
人生悲秋
清冷東籬
誓盟毋忘
雲遠自樂

13-9-2019

【註】 此詩藏在〈長相思之
一〉，詩詞內藏詩詞，第三、
四直句字。

長相思之四

雛菊滿玉堂
淚簾掛美牀
無眠難安寢
有陷缺情深
人生幻非真
悲秋難慷慨
清冷份今災
東籬菊難開
誓盟君當改
毋忘麗願栽
雲遠鐵君哀
自樂福康來

13-9-2019

【註】 此詩藏在〈長相思之
一〉，詩詞內藏詩詞，刪除第
一、二字橫句組合。

唐．白居易之長相思

汴水流
泗水流
流到瓜洲古渡頭
吳山點點愁
思悠悠
恨悠悠
恨到歸時方始休
月明人倚樓

唐．白居易之長相思

去年秋
今年秋
湖上人家樂復憂
西湖依舊流
吳循州
賈循州
十五年間一轉頭
人生放下休

長相思之六

大浪灣
清水灣
西風愁思襲沙灘
海浪滔滔翻
山青青
水清清
路斜曲彎寂無聲
明月照路靜

7-8-2019

長相思之七

昔日仇
今日愁
十年飄散仇共愁
麗港掛晚舟
骨子憂
三子啁
海澄擎天一繯周
人生六十秋

7-8-2019

【註】 讀白居易〈長相思〉
兩首，見到他用字簡單，深刻
表達情感，月明人倚樓，人生
放下休。引發靈感寫下〈長相
思之六〉〈長相思之七〉。

現代香港詩之

人間清歡品詩香月照浮生弄清涼

三六

唐·李白之關山月

明月出天山
蒼茫雲海間
長風幾萬里
吹度玉門關
漢下白登道
胡窺青海灣
由來征戰地
不見有人還
戍客望邊邑
思歸多苦顏
高樓當此夜
嘆息未應閒

雲月

春風春雨春日至
花飛花落花毋艷
秋色秋池秋正濃
月缺月圓月常變
雲飄雲泉雲風影
潮退潮漲潮湧沒
念山念水念故人
情斷情逝情隨緣
緣窮緣愁緣生滅

27-6-2019

【註】 讀李白〈關山月〉，這首詩第二句「明月出天山」，令我聯想起一幅舊相片，回憶三十多年前暑假夏天晚上，我坐在新疆天山天池旁邊拍照，天空掛上大大圓滿朗月，印象非常深刻。引發我寫下〈雲月〉複字藏頭詩，可橫讀及直讀詩詞。

一

六世達賴喇嘛
倉央加措之十誡詩　月詩

現代香港詩之
人間清歡品詩　香月照浮生弄清涼

三八

最好不相見，便可不相戀。最好不相知，便可不相思。
最好不相伴，便可不相欠。最好不相惜，便可不相憶。
最好不相愛，便可不相棄。最好不相對，便可不相會。
最好不相誤，便可不相負。最好不相許，便可不相續。
最好不相依，便可不相偎。最好不相遇，便可不相聚。
但曾相見便相知，相見何如不見時。
安得與君相訣絕，免教生死作相思。

最愛圓月，不喜歡新月。最愛滿月，不喜歡缺月。
最愛迎月，不喜歡奔月。最愛秋月，不喜歡冷月。
最愛星月，不喜歡古月。最愛朗月，不喜歡暗月。
最愛白月，不喜歡黑月。最愛明月，不喜歡璧月。
最愛全月，不喜歡初月。最愛皓月，不喜歡煙月。
最愛花月，不喜歡風月。最愛賞月，不喜歡弄月。
最愛海月，不喜歡江月。最愛日月，不喜歡歲月。
最愛皎月，不喜歡淡月。最愛華月，不喜歡殘月。
最愛雲月，不喜歡雪月。最愛曉月，不喜歡落月。
最愛水月，不喜歡鏡月。最愛蜜月，不喜歡野月。
最愛素月，不喜歡扇月。最愛宮月，不喜歡寒月。
最愛佳月，不喜歡孤月。最愛曙月，不喜歡斷月。
最愛春月，不喜歡夢月。最愛窗月，不喜歡玄月。
最愛夜月，不喜歡荒月。
月下花前月下餘香，月白清風月白霓裳。
月明星稀月明孤影，月落星沉月落淒清。

1-10-2019

【註】　讀西藏第六世達賴喇嘛倉央加措〈十誡詩〉，見到有很多「相」字，他是僧人
但寫很多情詩，詩詞也有豐富感情，也很特別。引發我寫下〈月詩〉，這是複字詩，
很多「月」字。

見或不見之一

見爾不願見惆悵
我今不變我紅粧
悲莫嘆緣悲莫漲
喜君訪月喜戀窗
念海亂石念水央
情牽塵夢情莫傷
來時相惜來歡暢
去時哀號去妄想
愛坐靜空愛飛翔
不知何夕不知相
增修日補增添香
減卻吟詩減相思
手持清燈手握長
不理煩音不傳唱
捨下愁苦捨霧霜
棄惡足跡棄敗將
懷抱舊憾懷相忘
裏真假虛裏無常
進退兩難進羅箱
心寄明月心依傍
默然相愛
寂靜歡喜

18-6-2019

【註】　此詩靈感來自西藏第六世達賴喇嘛倉央加措〈見與不見〉，這藏頭詩詞共二十句，第一字直行「見我悲喜，念情來去，愛不增減，手不捨棄，懷裏進心」表達倉央加措含蓄的感情。

六世達賴喇嘛倉央嘉措之見與不見

你見或者不見我
我就在那裏不悲不喜
你念或者不念我
情就在那裏不來不去
你愛或者不愛我
愛就在那裏不增不減
你跟或者不跟我
我的手就在你手裏
不舍不棄
來我的懷裏
或者
讓我住進你的心裏
默然相愛
寂靜歡喜

見與不見之二

現代香港詩之一

人間清歡品詩香月照浮生弄清涼

不願惆悵不變紅粧
嘆緣莫漲訪月戀窗
亂石水央塵夢莫傷
相惜歡暢哀號妄想
靜空飛翔何夕知相
日補添香吟詩相思
清燈握長煩音傳唱
愁苦霧霜足跡敗將
舊憾相忘假虛無常
兩難羅箱明月依傍
默然相愛寂靜歡喜

18-6-2019

【註】 此詩藏在〈見與不見之一〉，詩詞內藏詩詞，第三、四、六、七字橫句。

見與不見之三

不願不變嘆緣訪月
亂石塵夢相惜哀號
靜空何夕日補吟詩
清燈煩音愁苦足跡
舊憾假虛兩難明月
默然相愛寂靜歡喜

18-6-2019

【註】 此詩藏在〈見與不見之一〉，詩詞內藏詩詞，第三、四直行字方塊組合。

見與不見之四

惆悵紅粧莫漲戀窗
水央莫傷歡暢妄想
飛翔知相添香相思
握長傳唱霧霜敗將
相忘無常羅箱依傍
默然相愛寂靜歡喜

18-6-2019

【註】 此詩藏在〈見與不見之一〉，詩詞內藏詩詞，第六、七字直行字方塊組合。

金庸十四小說

飛雪連天射白鹿
笑書神俠倚碧鴛

悼念金庸

金杯盡飲俠客血
庸俗優雅共悲歌

2018 年 10 月

【註】 我很喜歡金庸武俠小說，金庸逝世，文壇損失，我以此
詩悼念他。

悼念金庸

一筆武功敢屠龍
混跡江湖終倚天
富貴何苦腰板直
思憶俠骨悼金庸

31-10-2018，漢聲

【註】 羅漢聲以此詩詞悼念金庸

現代香港詩之

人間清歡品詩香月照浮生弄清涼

念李香蘭

雙面伊人生煙台
幼習演藝從不怠
金魚美人為外號
東瀛議員功績高

2015 年 5 月

【註】 從友人羅漢聲的詩詞知道李香蘭逝世，她一生特別傳奇，既神秘又幾番起跌。她的經歷被拍成電影，非常精彩。我讀友人羅漢聲〈李香蘭〉，引發我寫下〈念李香蘭〉一詩，我的〈念李香蘭〉和羅漢聲的〈李香蘭〉用以悼念她，兩詩併合便反映出李香蘭的生平經歷。

李香蘭

風筆鶯音艷紅顏
亂世疑碟冠漢奸
漢土潤澤原日裔
傳奇一生李香蘭

2014 年 9 月，漢聲

【註】 羅漢聲以詩悼念李香蘭

宋‧王安石之夢

知世如夢無所求
無所求心普空寂
還似夢中隨夢境
成就河沙夢功德

【註】　王安石〈夢〉四句詩詞分別在表達四個境界：
　　　　1. 無常無我觀
　　　　2. 涅槃寂靜觀
　　　　3. 隨緣隨順觀
　　　　4. 積極但不執著菩薩觀

六根

入世塵網六根求
六根求心俗且惡
還以煩心復煩惱
轉法輪去苦果因

2015 年 10 月

【註】　在齊豫演唱會中聽到一首悅耳歌，旋律優美，原來歌詞
是來自王安石〈夢〉，詩詞被譜上曲，由齊豫主唱。樂曲動聽引
發我找出〈夢〉詩詞內容。瀏覽網站閱讀有關佛學知識，便寫下
〈六根〉。花了半天去學習，王安石〈夢〉是正面修道，我寫下
〈六根〉表達負面罪惡，四句分別是四個境界：
　　　　1. 俗世六根貪、嗔、癡、慢、疑、不正見
　　　　2. 因迷惑造諸惡業，受種種苦，苦源為六根
　　　　3. 三轉四聖諦，苦果苦因，樂果樂因
　　　　4. 轉法輪，乃佛法破煩惱

現代香港詩之

人間清歡品詩 香月照浮生弄清涼

水的希望

水柔冰雪堅
蒸氣縷輕煙
雲雨飄無定
河流澗不停
湖泊海浪湧
人生如夢幻
歲月多難關
堅強振作戰
夢想會在前

29-2-2016

【註】　有一天，我輔導一個學生，用水作例子
勸勉她，正所謂智慧如水，因為水有不同形態，
不同環境就有不同變化，例如：水、冰、雪、
蒸氣、雲、雨、河流、澗、湖泊、海、浪等等，
形態改變但本質無變。曾學習呂夢周〈水的希
望〉，內容鼓勵人要刻苦磨練才能達成夢想，
我有感而發寫下〈水的希望〉。我不會氣餒出
詩集，我要實現夢想。

莫言是二零一二年諾貝爾文學獎得主，為中國人首開紀錄第一人。看到他曾經解釋關於「我」這個字。「我」字丟了一撇，成了「找」字，人人要找健康和快樂，沒有它們，也無生命意義。

【註】 莫言分享「我」字

羅漢聲認為「我」遺失了的那一撇，試試向「他」借一下，「他」便變成「1也」，於是「我」和「他」一樣了。原來「他」不借，本來和「我」一樣，都是「人也」，那麼「我」和「他」又有什麼分別？

2-3-2015，漢聲

【註】 羅漢聲分享「他」字

我認為分別在一個「它」，正中的一撇似匕首，「它」是指事與物，人人有不同的事與物，際遇各異，不會一樣，不會無風浪。「它」字一撇，刀鋒銳利刺在心中，這映照著不同人生觀。莫言說人人找「我」，羅漢聲說「我」「他」均相同，我說「它」是不同，因為命運際遇不同。

2-3-2015，玉美

【註】 我分享「它」字

欣賞中國文字，編得如此妙趣橫生！我和羅漢聲、葉翠儀湊高興，以中文構字競樂，詞句不盡精確，需要想像及引申寓意。

現代香港詩之

人間清歡品詩 香月照浮生弄清涼

四六

軍
有手便是揮
無手便是軍
去掉揮邊手
加光也是輝
即將揮手別猴王
鳳凰將至倍生輝
19-1-2017，翠儀

果
有木是一棵
無木便是果
去掉棵邊木
加衣卻是裸
天理生息有因果
華衣蔽體心未裸
19-1-2017，漢聲

倉
有竹便是箱
無竹也是倉
去掉箱邊竹
加木便是槍
槍桿裝備要滿艙
蒼海桑田絕地創
18-1-2017，玉美

也
有人便是他
無人便是也
去掉他邊人
加女便是她
茫茫人海你與她
有緣相遇你我他
19-1-2019，翠儀

庸
有人便是傭
無人也是庸
去掉傭邊人
加心便是慵
慵懶散漫乃庸俗
傭人加力須苦讀
18-1-2017，玉美

青
有草便是菁
無草也是青
去掉了青草
加日便是晴
清清河邊草原靜
請賞鯖魚與蜻蜓
19-1-2019，玉美

韋
有言便是諱
無言也是韋
有金也是鍏
有木也是樟
有水也是湋
有火也是煒

有日也是暐
有王也是瑋
有絲也是緯
韡煌偉人被情圍
湋水難消香幃韙
19-1-2017，玉美

【註】　用「韋」字為主，韡煌意思是偉大輝煌；第十句寓意偉大輝煌功績的人被情關圍困。湋水是黃河的支流渭水。香幃意思香囊借喻紅顏。韙意思是也。最後一句寓意黃河沖不走美人關；最後兩句意思是英雄難過美人關。

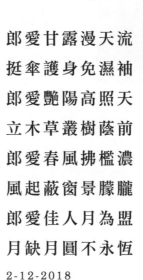

人性矛盾之一

郎愛甘露漫天流
挺傘護身免濕袖
郎愛艷陽高照天
立木草叢樹蔭前
郎愛春風拂檻濃
風起蔽窗景朦朧
郎愛佳人月為盟
月缺月圓不永恆

2-12-2018

【註】 閱讀《每日頭條》22-3-2017副刊，有關中文表達方法，多姿多彩，〈中文之絕　，中文之美〉。文章的內容用六種不同的版本來演繹，包括：普通版、文藝版、詩經版、離騷版、七言絕句版、七律壓軸版。引發我寫下〈人性矛盾之一〉此詩。

人性矛盾之二

郎愛挺傘郎愛立木
郎愛風起郎愛月缺

2-12-2018

【註】 此詩藏在〈人性矛盾之一〉，詩詞內藏詩詞，第一至二字方塊組合。

人性矛盾之三

甘露漫天流護身免濕袖
艷陽高照天草叢樹蔭前
春風拂檻濃蔽窗景朦朧
佳人月為盟月圓不永恆

2-12-2018

【註】 此詩藏在〈人性矛盾之一〉，詩詞內藏詩詞，刪除第一、二字方塊。

特別讀法
詩詞

人生之一

春來花盛興
秋去樹凋零
夏降雨甘霖
冬臨雪淒清

21-3-19

【註】 這是橫讀和直讀詩。詩中表面是指四季景色，隱喻人生歲月命運哲理。曾經以第一、二句題詩給學生，跟他們對詩，我放學生作品在〈沙田崇真中學點滴〉。

人生之二

春 花
秋 樹
夏 雨
冬 雪
來 盛 甘
去 興 霖
降 凋 淒
臨 零 清

21-3-2019

【註】 此詩藏於上面〈人生之一〉詩詞中，這是直讀詩。

四季

寒來暑往
秋去冬來
夏至春退
平常過矣

6-5-2019

【註】　這是橫讀和直讀詩。表面是指四季來去平常，隱喻光陰歲月來易去易，仍平常事。

生老病死

生老病死
無定人生
苦酸隨緣
澀辛哀愁

2-4-2019

【註】　這是橫讀和直讀詩。詩中表達生老病死，人生歲月命運無常，有快樂和不快樂，光陰快逝。

日月

日出日暮
月缺月圓
兩無交誼
存定接替

20-4-2019

【註】　這是橫讀和直讀詩。詩中表達日出日落，月缺月圓天天變化，早晨和黑夜交替，黃昏和月亮和諧交接，這是大自然的規律。有如世人，年輕人和年老人世代交接相傳，便是歷史一代起一代落，長江後浪推前浪。

父母恩

人
出生
意義深
父母之根
比海愛更深
喜悅心如蜜柑
視如珠寶值萬金
心懷感恩奏樂簫笙
傷寒交病不怕夜挑燈
忍耐身心俱疲勞苦斷筋
只為遮風擋雨不至寒風侵
長年累月牽腸掛肚淚濕衣襟
祈願擁有健康快樂永恆心
不望榮華富貴名利權爭
不怕人間紅塵是非憎
禮義廉恥信望愛跟
生活自由天風箏
堅毅奮鬥苦蹬
惟望歲月增
甜酸苦甘
情何堪
古今
人

8-8-2020

特別讀法詩詞

五一

【註】 這是向下讀或向上讀詩。我是寫父母養育子女的辛勞,由出生到成長,對子女的愛和守望。

現代香港詩之二

人間清歡品詩香月照浮生弄清涼

樂

樂
聰穎
笑不停
憂傷變零
洗滌苦惱情
去蕪滅垢存菁
人生路上尋趣境
中秋節鼓樂鳴
盈盈樂樂聲
月滿傾城
喜悅勁
家盛
樂　　27-9-2015

【註】　這是向下讀或向上讀詩，我從中秋節得靈感，以慶團圓〈樂〉為主題。

風雨存之一

詩看崎嶇清幽路
樂輕狂夢陽晚賦
共日登陸期照詩
悵昔人子華花篇
惆談友今流落風
含知虛身逝時雨
伴雲秋訴傾鐘存

29-10-2021

【註】　這是七言八句拆字環迴藏頭詩〈風雨存之一〉。第一至六個字在中央「子今友人登陸期」，順時針方向旋轉向外讀，藏頭詩重點字在每句第七字，分拆它們變成新句第一字「期、知、夢、時、伴、詩、路、存」。未能找出七言八句，可以見下普通句法。我和中學同學已認識四十年，今天眾人已六十歲了。第八句「風雨存」出自徐得光，他智慧上乘，多謝他提示修正，令我的詩更完美。

風雨存之二

子今友人登陸期
月華流逝身虛知
口談昔日輕狂夢
夕陽晚照花落時
寺鐘傾訴秋雲伴
半含惆悵共樂詩
言看歧嶇清幽路
各賦詩篇風雨存

29-10-2021

【註】　這是拆字環迴藏頭詩〈風雨存之二〉。每句第七字分拆，變成下一句第一字，循環再回到首句。我和中學同學已六十歲了，第八句「風雨存」出自徐得光，他智慧上乘，多謝他提示修正，令我的詩更完美。

現代香港詩 之
人間清歡品詩香月照浮生弄清涼

情　　禾苗愛情種

　　　心意要堅忠

　　　車輪千尺轉

　　　人誠萬里傳

2015 年 1 月

【註】　這是部首藏頭詩，第一字是第五字的部首

5 拆字詩詞

水之一

洗澡水行先
水原自河源

11-8-2020

【註】 這是「洗」「源」拆字詩。

水之二

澗溪淙淙水間舞
河江滔滔水可淹

11-8-2020

【註】 這是同部首、疊字和拆字詩。第一字拆變成第五、六字。

水之三

露珠雨降路
泉湧白水流

11-8-2020

【註】 這是拆字詩。第一字拆變成第三至五字。

食

品嚼來三口
味美口未夠

11-8-2020

【註】 這是「品」「味」拆字詩。

念雙

想念心上相
竹自有一雙

11-8-2020

【註】 這是「想」「竹」拆字詩。

禾田

天空一下大
源泉原有水
苗圃田生草
香稻日有禾

11-8-2020

【註】 這是拆字詩。第一字拆變成第三、五字。

城堡

間看門中日
城牆土築成

11-8-2020

【註】 這是拆字詩。第一字拆變成第三、五字。

現代香港詩之

人間清歡品詩　香月照浮生弄清涼

敗

天王一人大
國破或缺方
裝配壯有衣
團結口內專

11-8-2020

【註】　這是拆字詩。第一字拆變成第三至五字。

信心

閉室門中才
信靠人之言

11-8-2020

【註】　這是拆字詩。第一字拆變成第三至五字。

謹慎

謹嚴言有堇
慎重心有真

11-8-2020

【註】　這是拆字詩。第一字拆變成第三至五字。

炎熱

炎日兩火燒
沙漠水又少

11-8-2020

【註】　這是拆字詩。第一字拆變成第三至五字。

愛

明志日伴月
甜蜜舌尖甘
摯愛手永執
恩愛心有因

11-8-2020

【註】　這是拆字詩。第一字拆變成第三、五字。

泛舟

泛舟水乏影
悲月非上心

11-8-2020

【註】　這是拆字詩。第一字拆變成第三至五字

清湖柏松

清湖水常青
柏松木染白

11-8-2020

【註】　這是拆字詩。第一字拆變後，放在第三至五字。

6 同字異音詩詞

工作

建業行行 行不易
敬業樂樂 樂適宜
海浪朝朝 朝澎湃
人生長長 長夜捱

2015 年 1 月

【註】 這是同字異音排句。

享樂

琴弦調調 調高低
享樂樂樂 浪漫蒂

2015 年 1 月

【註】 這是「調」「樂」，
同字異音排句。浪漫蒂譯自
英文 romantic。

7 同音異字詩詞

偽

文質彬彬　賓有禮儀
風度翩翩　偏偏主觀
人心惶惶　皇權在握
無所事事　是非擾動
相貌堂堂　糖衣包裝
淒淒涼涼　良心不安

11-8-2020

【註】　這是同音異字排句，請見
第四、五字。

勤

人才濟濟　仔仔一堂
書聲琅琅　朗讀上口

11-8-2020

【註】　這是同音異字排句，請見
第四、五字。

白

情意綿綿　棉軟純白
白髮蒼蒼　滄海茫茫

11-8-2020

【註】　這是同音異字排句，請見
第四、五字。

懶

兩手空空　胸襟廣闊
大名鼎鼎　頂尖專營
忠心耿耿　敢言於懷
馬馬虎虎　苦惱瀕臨

11-8-2020

【註】　這是同音異字排句，請見
第四、五字。

憶念

音樂優美　娓娓動聽
開開心心　深刻銘記
歡歡喜喜　起舞迎戰
笑口盈盈　迎難而上
歡歡樂樂　落淚而還
離別依依　衣襟滿淚

11-8-2020

【註】　這是同音異字排句，請見
第四、五字。

8 設問法詩詞

憂災該樂

憂乎？不憂，不憂亦憂！

災乎？不災，無災樂哉！

該乎？是該，不該亦該！

樂乎？是樂，不樂也樂！

11-8-2020

【註】 設問法藏頭詩。〈憂災該樂〉意思指遇上困難災害也要正向，應該保持心靈平安快樂。

人生要時常準備解決憂患嗎？不須過份擔心；若不洞悉危機潛伏，才是人生的憂慮和危機！

人生有災難嗎？當然有，有生命便有災難，生命享樂無災無禍，人生真是快樂！

應該平常心面對人生起伏嗎？當然應該要面對憂患和災劫，就算不幸地發生了，也是命中注定，應該順其自然！

人生開心嗎？人生是要開心的，就算遇上不開心的事，也要保持心靈快樂！

9 同傍詩詞

茗茶觀園

現代香港詩之

人間清歡品詩香月照浮生弄清涼

蓮荷莖葉蘯　茉莉花芬芳
菊英蘭藹萌　薔薇蓓蕾薰
芍藥莘茂華　薈萃萬蕊蘊
芙蓉若蒨蔚　蕉莊蓋苑荒
苗茵葭菁芽　蕪藻落蘚苔
莫惹蒼茫夢　蒙荊貌蔽孽
藉藝芒茁蕘　莽葬暮萎草
苦茗蔘茸茶　荏苒萍蓬萊

12-8-2020

【註】　同傍詩詞。每一個字都有寓意或引申意思，可見下文。同
　　　傍詩詞難度高，未必全部用字精確，只用粗糙概念傳達，
　　　加以推敲。

　　　蓮花、荷花、荷花莖和荷葉搖曳微風中飄蘯。
　　　茉莉花芬芳飄香。
　　　菊花梗直英姿漂亮，蘭花柔藹美麗。
　　　薔薇和花蕾很薰香。
　　　芍藥花和細莘非常茂密繁榮。
　　　草木薈萃聚集，萬種花蕊、亂麻和枯草雜亂積聚。
　　　芙蓉花好似苦草般盛多聚集。
　　　香蕉園莊地已遮蓋村內的荒草地。
　　　苗圃綠草如茵，初生的蘆葦菁菁長出芽。
　　　雜亂草和水中藻交橫衰弱錯落，變成蘚苔的頹廢
　　　見到莊園一面繁華漂亮花、一面雜亂無章亂草和一面腐
　　　爛植物，自醒覺切勿自招墮落頹廢悲哀和蒼茫不實夢境。
　　　美景朦朧，荊藜困難被輕視，遮蔽邪惡。有如人生美好
　　　美正向觀往往容易被蓋，要除去負面思想。
　　　憑藝術技能切割芒草般的醜陋軟弱。有如人生要除去
　　　缺點。
　　　草率快埋葬已殘破和已萎縮的草。有如人生放下執著和
　　　粗劣，讓過去的已死。
　　　生活辛苦後，品嘗一杯蔘茸茶。
　　　享受柔和歲月，踏上蓬萊仙境。

靜夜思甲子

靜看寒光迎午夜
夜來風雨爾獨思
思入星河銀光床
床頭冷窗伴客前
前塵回望晚照明
明日朝陽看風月
月華飛逝奪玉光
光塵浮沉步虛疑
疑問天宮如何是
是真是假榮辱地
地盡天高暮年上
上下千回踏秋霜
霜襲中園輕嘆舉
舉簫吟奏繞心頭
頭白鬢蒼夕陽望
望盡碧海天涯明
明日何時暖歲月
月照人間浪花低
低聲琵琶南山頭
頭上青天無邊思
思量自在萬事故
故惜芳樹入醉鄉
鄉老舊酒題寒詩
詩情道意心聲靜

18-8-2020

特別讀法詩詞

六一

【註】 這是二十四句頭尾字環迴藏頭詩，是我所書寫的最長紀錄。每句第七字變成下句第一字，循環不息，詩的第二十四句第七字環迴再返回到第一句第一字，意思首尾字相同。我喜歡月亮，從李白〈靜夜思〉得靈感，加上自己對藏頭詩的喜愛，再加入環迴規律，寫下〈靜夜思甲子〉。見詩詞中第一字直行和第七字直行都是李白〈靜夜思〉。這首詩內藏十七首詩，千變萬化，令人稱奇，有智慧的讀者試找出吧。

三

看圖
寫詩詞

那些年相

那堪歲月不留情
些許銀光照暗星
年華洗盡鬢斑白
相看光陰晚月明

4-12-2020

【註】 翻開舊相片，見到自己外貌變化，十分有趣。由年輕成長到晚年，面上留下很多紋線，這些是生活記錄，也是生命軌跡。我走過甜酸苦辣歲月，生命塗上冷暖色，見過黑白光暗事件，學習不同經驗。吃過頂級米芝蓮菜式或罕有食材，也吃過垃圾桶的麵包；住過五星級酒店套房，也住過獅子山下的殘破寮屋；曾赤腳無鞋和穿破爛黑鞋上學，也穿過國際名牌鞋子；試過幸福的痴肥，也試過抑鬱症的暴瘦，更試過健身苗條身型；試過極端限食預備化療，也試過無敵維港景的頂級早午晚餐；試過穿舊衫和爛衫，也試過小學時沒有校褸，更試過只穿名牌的洗水絲質衣服。每幅相片牽出不同的經歷，同時記錄多彩多姿的回憶。

這些是舊相片組合，由 12 歲至 58 歲

吳子聰攝於沙田頭新村，2020

現代香港詩之

人間清歡品詩 香月照浮生弄清涼

童年竹園

草蓆木板五六尺
暗燈牆掛三四盞
幸有飲食一兩碗
家庭日用袋口零

10-1-2019

【註】 這是藏頭數字詩。我出世至十八歲住在獅子山下的寮屋竹園第二段，我的家是用木板和鐵皮組合，它是建築在斜坡上，不是在平地上，也無樹蔭草坪。氣候溫度令房屋有不同的變化，夏季時像焗爐，冬季時像山峰涼亭，雨季時像淋浴間，颱風侵襲時像交響樂團演奏，天花板和木板都在搖滾。家中沒有自來水，也沒有廁所，但蛇蟲鼠蟻、蟑螂、蜘蛛和垃圾堆特別多。曾經在網站瀏覽，見過竹園舊居相片，十分懷念。由於版權問題，未能刊載，借用吳子聰的遠足相片，可以作參考。

清水灣畔

清天碧海圓月天
水光山色翠山巒
灣環婉曲相思路
畔道灘石心相連

29-7-2019

【註】　這首藏頭詩靈感來自海灘。西貢是香港的後花園，沿海有很多美麗海灘，附近寧靜安逸，定是度假好去處。在炎熱的夏天，有很多人到清水灣二灘，有人消暑暢泳、堆沙、踏浪、拾貝殼、放風箏、釣魚、潛水、航拍、露營、玩高爾夫球和情侶自駕遊。我拍攝當天是冬至，天氣寒冷，天灰陰暗，海灘寂靜無人，十分冷落。

攝於西貢清水灣，2019 冬至

現代香港詩 之

人間清歡品詩 香月照浮生弄清涼

六六

嘉鳳攝寶怡倩影於寶馬山紅香廬峰

高山回望

高峰石台荊棘滿
山下夕陽維港觀
回首一笑懷恩處
望眼怡然共友歡

9-8-2020

【註】　這首藏頭詩靈感來自周寶怡面書的相片 。一天，瀏覽她的面書近況，驚訝發現了一張漂亮相片，原本想用「回眸一笑百媚生」來形容，突然我腦海就泛起詩潮，寫下一句「美人斜陽照，含笑回望嬌」的詩句來代替了。嘉鳳很有技巧地捕捉奇妙的神韻，這一刻是天衣無縫的配合，留下美好回憶。

北極卷現之一

北極雀目吸引高
極地凝脂滑雪糕
卷心甜酸草莓醬
現身重臨在市場

2018 年 8 月

【註】 北極卷是雪糕瑞士卷，內有一層士多啤梨果醬，外有一層海綿蛋糕。口嚼外層軟綿綿的雲呢拿味蛋糕，氣泡幼細、豐富又平均，一層士多啤梨果醬奪艷裝飾，它的甜酸味道平衡了海綿蛋糕的甜，同時也提升了清淡雪糕味道，雪糕軟滑可口。四十年前北極雪糕卷非常受歡迎，它的價錢不便宜，但是味道軟滑可口，一吃難忘。以前我很喜歡吃的，朋友常常做東道，十分感謝。北極雪糕卷已消失近三十多年了，數年前重臨市場，我覺得味道已不同了，再不是我熟悉的老味道，包裝也變了，由沉實穩重色變成奪目鮮豔。

北極卷現之二

北斗七星遠離高
極地世哀無恥徒
卷風飄蕩城中舞
現代浮生世亂途

2018 年 8 月

【註】 我正吃北極雪糕瑞士卷的時候，觀看社交媒體世界新聞，得悉大量天災人禍壞新聞。我覺得世界漸漸褪色了，世人誤入歧途，罪案頻生，北斗星消失遠離。這首藏頭詩靈感來自媒體新聞，我一邊吃北極雪糕瑞士卷，一邊看新聞，一邊寫下此詩。

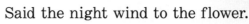

三

現代香港詩 之

人間清歡品詩香月照浮生弄清涼

六八

Do you see future ?

Said the night wind to the flower.
Do you see what I see ?
Way up in the sky , the flower.
Do you see what I see ?
A butterfly , butterfly , flying in the forest.
With colorful wing , swing and rest.
With colorful wing , swing and rest.
Said the butterfly to the honey bee.
Do you see what I see ?
Working hardly in the garden , honey bee.
Do you see what I see ?
Flying , flying , high above the trees.
With a sound as big as the deep blue sea.
With a sound as big as the deep blue sea.
Said the honey bee to the farmer.
Do you see what I see ?
In your garden , love is hidden.
Joy is fallen.
Do you see what I see ?
Honey , honcy , in the farm.
Let's work hard. A new era is golden.
Let's work hard. A new era is golden.
Said the farmer to people everywhere.
Listen to what I said.
Efforts release burdens.
Life candles lighten.
People gain lesson.
Future generations will be brightened.

26-7-2018 , May Tsang

Photo is taken by Bowie Chow at Mount Pilatus

維多利亞夜景迷人之一

維港白雲藍天深
多少遊人照寒林
利世功名黑洞醉
亞當隨娃墮罪層
夜入香港寂靜處
景物艷都耀星雲
迷離困惑理想夢
人堅毅進尋夢真

7-8-2020

【註】　這是藏頭詩靈感來自漂亮的維多利亞港夜景。一天，我去尖沙咀海運大廈逛街，看見維港美麗燈飾，於是拍攝一幅夜景相片。我寫下藏頭詩，見第一字直行「維多利亞夜景迷人」，讚美香港夜景，它是世界聞名，有「東方之珠」之稱。香港是繁榮都市，有七百萬人口，人人擁有夢想，我也不例外。曾經有人鄙視我的學術水平，有人不認同我的出書計劃，有人對我粗言謾罵，有人質疑我的中國文學基礎，有人告誡我會失敗，更有人勸喻我不要花錢。我要追求自己的夢想，甘願花費金錢，我不追求利益，我不放棄，不會因為自己年齡而退縮，我會克服困難，實現夢想。

攝於尖沙咀維多利亞港，2020 夏

嘉鳳攝寶怡倩影於金馬馳督徑

現代香港詩之

人間清歡品詩香月照浮生弄清涼

七〇

維多利亞夜景迷人之二

維港白雲藍天深
多少遊人共寒衾
利塵名網黑洞去
亞當夏娃愛樂林
夜入高山清寂處
景物艷都彩滿紛
迷離困惑理想夢
人勝山峰甜在心

7-8-2020

【註】　當天我寫下〈維多利亞夜景迷人之一〉之後，我在周寶怡面書看到一幅漂亮的維港夜景相片，又一次令我讚嘆！相片顏色有強烈對比，前有俏麗倩影，背有彩色都市；左邊是繁華喧鬧大都會，右邊是靜默遙望沉思人影。攝影師是嘉鳳，她拍攝技巧很高，取景角度十分佳，相片更有詩意，相中人是寶怡，相片證明她們是最佳組合。這首藏頭詩靈感來自此靚相，我再寫下〈維多利亞夜景迷人之二〉。

攝於半島酒店 Gaddi's，2020

品嚐人生

品味人生苦與樂
裝迫如風劍如雄
昔日已過今起跌
何懼得失歷不同
世情多變盡無窮
誰悟功過紅塵弄
立地明身奮自勵
焉知命緣何時空

8-8-2020

【註】　這首詩靈感來自豐富午餐。疫情下生活單調，人與人保持隔離，教學只有網課，不見親朋戚友，沒有社交活動。我天天在家中煮飯，久而久之發呆發悶了。暑假開始，我忽發奇想要往外享受午餐，走入一間高級餐廳品嘗美味食物，享用高級餐具，舒了一口悶氣。當我食餐時，回憶起童年基本食糧，癌病的限食，比較眼前的高級美食，有很多的感慨。每人有不同的經歷，必須要裝備自己，為未來預備奮鬥，不要浪費光陰，生命是脆弱的，不知何時到終點。

現代香港詩之
人間清歡品詩香月照浮生弄清涼

Life

Taste the happiness and loneliness of our life.
Get sword to fight.
Time squeeze very tight.
Yesterday is gone.
Tomorrow may be wrong.
Today is struggle for bright.
Well-prepared to be torn.
Work hard from morning to dawn.
Play harder after working long.
Life is joyful to get everyone along.
Memory and reality compare.
None care.
Flight for dare.
Happy to share.

8-8-2020，May Tsang

Photo was taken by
May Tsang at Hotel
InterContinental HK
2020

雛菊之一

獨處天藍自由空
花白雛菊朝向東
枝幼強莖顯頑強
衣濕何懼花銳風

28-12-2018

【註】 我喜歡大自然，在郊野常常看見
野花小草，它們不奪目，但非常漂亮，郊
野被裝飾得有生氣。約十年前，我買了一
盆雛菊，每天悉心照料，其後盛放花朵，
非常燦爛。只有一回成功栽種，之後未能
如願。幸好我已拍照留念，我的成功感和
滿足感可以永遠留下。

攝自家中的盆栽，2009

攝自母親節花束，2016

雛菊之二

雛菊月下吐艷光
黃金蕊定白玉房
片片花英照漫漫
幾枝已醉夜茫茫

28-12-2018

【註】 小菊花白色花瓣，秀
麗不俗氣，中間有圓形黃色花
芯，花枝和朝向上花朵，天天
有生氣。

鏡面蛋糕

鏡湖水中央
面光餅有雙
蛋香草莓正
糕軟哈咕靚

6-1-2019

【註】　我的興趣是寫詩詞，閒暇作樂。我不是專業作家，也非中文老師。我不曾修讀中國文學，詩詞錯漏百出，甚至文筆差勁。我的專業知識和技能在家政科，我的專長是烹飪，更喜歡品嘗食物。我自製一個朱古力鏡面蛋糕，加上自製馬卡龍甜餅作裝飾，很有成功感。一邊吃餅一邊寫下這首藏頭詩，有如古代詩人一邊飲酒一邊吟詩作對。我將興趣與專長合起來，增添了我的滿足感，人生快事。

現代香港詩之
人間清歡品詩香月照浮生弄清涼

七四

玉美自製朱古力鏡面蛋糕配自製馬卡龍

玉美自製拿破崙合桃蛋糕

拿破崙餅

拿捏千層脆
破間鬆軟隨
崙山啡忌廉
餅正香味醉

7-1-2019

【註】　我自製了一個咖啡拿破崙餅，因為我很喜歡吃。咖啡味濃厚化不開，千層皮、海綿蛋糕、鮮忌廉互相交替間隔，提供豐富口感。千層皮的焦香酥脆與海綿蛋糕的鬆軟成兩極對比，蛋糕氣泡細緻平均，香濃咖啡混合微甜忌廉是恰到好處，忌廉泡沫幼滑如絲，提升海綿蛋糕味道，更上一層樓。我專長是西式烹飪，例如：湯、沙律、醬汁、主菜、甜品、批皮、芝士餅等等，有空閒便烹調玩樂，點綴生活。

三

聖誕節初雪

現代香港詩 之

人間清歡品詩香月照浮生弄清涼

聖涯冬遊寒江雪
誕彌年終除夕越
晨曦窗前驚冬艷
光華散發已蔽月
韓山黎明望雪松
國色壯麗襯灰空
初雪皓白萬蓋野
雪中情緣渺蒼穹

2-8-2019

七六

攝於韓國聖誕節，1999 初雪

【註】　我翻看舊照片，回憶廿年前的聖誕節，十分寒冷，到韓國旅遊。平安夜入住一所度假村，房間在地面層，推玻璃門外出，便是綠草花園。晚上天氣嚴寒，緊閉窗戶就睡，靜靜地度過平安夜。翌日清晨推窗迎接聖誕節，眼前發亮嘩然一聲，歡喜若狂，我驚喜看見一片白茫茫雪地。我首次見初雪，這是一個罕有機會，初雪落在聖誕節，我永遠難忘的一個白色聖誕，於是拍照留念。廿年後取出舊相片，見到相片中自己的初雪足印，寫下藏頭詩「聖誕晨光韓國初雪」，令我回味無窮，懷念昔日浪漫，永遠惦念初雪的白色聖誕節。

平安夜

雪花飄落寒冬深
鐘聲敲響聖誕臨
年末年始又更新
萬事如意暖在心

2018

攝於韓國聖誕節，1999 初雪

【註】　今天是平安夜，明天便是聖誕節。我又回想起韓國初雪的白色聖誕節，香港天氣不會低於攝氏零度，所以不會落雪。聖誕節過後，便很快過生日和新年，希望二零一九萬象更新。

二年新舊跨越空
零亂金光滿彩虹
一杯美酒花迎伴
九霄雲路艷紫紅

58歲生日

2019 除夕

【註】 生日留念詩詞，古詩「零
亂」「凌亂」相通。

曾經滄海憾無言
玉立堅毅塵不染
美行智慧畢露顯
一盞殘燈照家前
八水寒光半是空
年終回首笨拙笑
生在幽崖迎難上
日暮黃昏自悠然

57歲生日

2018 除夕

【註】 生日留念詩詞

兩頰無光露風霜
零亂髮絲一尺長
兩耳長伴鬢髮白
零香從心照夕陽

59歲生日

2020 除夕

【註】 生日留念詩詞。我步向
60歲，取出舊相片，看見自己衰
老，同時見到子女長大成人。我
放下責任，將步入另一階段，享
受退休生活。古詩「零亂」「凌
亂」相通。

2019 母親節相框禮物，框中相
片攝於 2018 除夕生日。

朗廷畢業

孤室勞勞苦學堂
園草离离生滿旁
朗詠蕭蕭飛夜霜
廷試噹噹金榜響
畢止芒芒艱難日
業創綿綿達遠方

16-11-2018

自製朱古力畢業花束贈兒子，
他最喜歡瑞士蓮朱古力

【註】　兒子科技大學畢業，踏入人生另一階段。他是一個勤奮向上、有毅力的人。我常常見他挑燈夜讀，有時到公共圖書館自修室溫習。他是有條理、有計劃和有理想的人，朝著目標前去。他大學畢業後進入社會工作，艱難挑戰會隨之而來，他學習獨立。我已完成供書責任，將放手退休。兒子大學畢業，我寫下〈朗廷畢業〉疊字藏頭詩，祝願他實現夢想。

現代香滿詩之
人間清歡品詩香月照浮生弄清涼
七八

賀朗廷畢業之一

頭戴四方帽
身穿學士袍
手執糖心花
心當念慈母
春暉照芳草
不日報劬勞

7-6-2018，漢聲

賀朗廷畢業之二

良根壯幹出優枝
雛鳥成鵬今展翅
一點一滴豈無因
萬里高飛未忘慈

7-6-2018，漢聲

【註】　羅漢聲題兩首詩〈賀朗廷畢業之一和二〉祝賀朗廷大學畢業，我見到詩詞，十分欣喜，感謝漢聲在詩中抬舉我。其實我不是出自優秀家族，也無良好基因，只是普通人，多謝他的讚揚，我和兒子感動了。

雅琪劇后

雅頌獨創史
琪樹立藝廊
劇論藝林響
后得天下芳

8-8-2020

【註】 雅琪自小喜歡藝術，二零零六年她只有十二歲，在中英劇團〈芳草校園〉的演出大受好評，破天荒獲得第十五屆香港舞台劇（喜／鬧劇）的金像獎最佳女主角，成為香港舞台劇界金像獎歷來最年輕的得獎者，創下先河。於二零零七年，十三歲的她也獲得青藝節十大青少年藝術家之一。另外她也擁有寶貴豐盛經歷，曾與頂級藝人合作演出，例如：一位獲四項殊榮於一身的藝人（香港電影金像獎最佳男配角、金馬獎最佳男配角、香港國際電影節最佳男配角、香港舞台劇最佳男配角）、一位香港電影金像獎和金馬獎最佳男配角，一位並獲三度香港舞台劇最佳導演和最佳男主角，一位香港舞台劇最佳女配角和一位最喜愛 TVB 男主角等。此外，她與一位香港電影金像獎最佳女主角前輩一齊於年終樂壇盛事頒獎給歌星李克勤。上述寶貴生活經歷，我身為母親為她驕傲，十分光榮。我不會因自己的年齡放棄夢想，女兒的經歷，鼓舞激勵著我，我也要自我挑戰，努力自創紀錄。

雅琪畢業

雅秀仙姿好
琪花綺麗香
畢生尋學道
業成瑤池高

8-8-2020

【註】 雅琪雪梨大學畢業，繼續進修另闖人生路。她很喜歡藝術，人生道路是漫長，她擴闊視野，充實自己，尋找真善美，希望她擁有豐盛人生。

雅樂畢業

雅潔玉之花
樂奏彩雲色
畢勝寒天處
業盛樂滿家

28-12-2018

【註】 雅樂大學畢業後，繼續進修，更取得教育文憑。她天生嬌小玲瓏，弱不禁風，好像林黛玉。我十分感恩，她遇上「賈寶玉」。她的「賈寶玉」敦厚穩重，照顧有加，我非常安慰，可以放下擔憂。

南怡島

攝於韓國南怡，島 2019 年 10 月

韓園綠樹紅葉天
國香秋草情相獻
南山同路金堅石
怡然相擁到百年

8-8-2020

【註】　秋天韓國南怡島十分壯
麗，公園和郊野佈滿綠樹和紅
葉，蔚藍天空萬里無雲。亢傑和
雅樂結伴暢遊，留下美好回憶。
我見相片引發寫下〈南怡島〉詩。

執手

亢傑與雅樂執手

少來夫妻老相伴
牽手共盟情兩歡

2020 年 8 月

【註】　女兒雅樂與夫婿亢傑共
證婚盟，共同組織家庭，他們牽
手進入另一階段，可喜可賀。我
見婚紗照，便寫下〈執手〉，獻
上母親祝福，我覺得時光瞬間流
逝，女兒出世尤如昨天，現在長
大成人亭亭玉立。她出嫁了，真
是喜極而泣！

亢傑和雅樂攝於芬蘭，2018聖誕節

現代香溢詩之

人間清歡品詩香月照浮生弄清涼

八二

亢傑雅樂結伴終身

亢宗德仁品純良
傑士真賢優之長
雅秀纖姿聲韻妙
樂奏柔順怡性嬌
結約寒風飛雪夜
伴侶偕老夢追尋
終極北光星為盟
身繫一生心連心

30-12-2018

【註】　亢傑是一個純樸穩重的男孩子，他為人溫文和善，謙恭有禮。他是家中長子，非常孝順，難能可貴。女兒雅樂個子嬌小，體弱纖瘦，好像絲蘿蔓生喜歡依靠，亢傑和雅樂便是天作之合。聖誕節我在社交媒體見到相片，寫下藏頭詩〈亢傑雅樂結伴終身〉，亢傑在芬蘭雪地北極光下成功求婚，他們結伴終身，可喜可賀。

荔籽攝於大埔大元邨，2011 冬

荔籽攝於尖沙咀，2016 冬

荔籽攝於尖沙咀凱悅酒店，2017 春

荔籽攝於新蒲崗，2018 春

荔籽卅五年情

荔枝獨秀玲瓏鮮
籽城龍閣不勝甜
園林花叢錦上添
地藏靈傑人中賢
卅年情濃依舊連
五湖四海月滿天
年華消逝寒風前
情深友誼珍嬋娟

14-11-2019

【註】　荔籽是指荔景天主教中學校友。不經不覺我和荔籽已有三十五年的師生感情，初執教鞭工作繁重，教學欠缺經驗，我只有一份熱情，努力學習。我和荔籽的緣份是由班主任工作開始，常常關顧學生，我被尊重愛戴，也贏了不少友誼。我離開轉變工作地方，卅五年仍然保持聯絡，每年有聚會。回想起來，他們由活潑可愛少年人，轉變成有家庭子女的中年人，這份寶貴友情是很難忘的，我感動寫下藏頭詩〈荔籽園地卅五年情〉，希望友誼永固。

面書
詩詞

四

我看見漂亮圖片，便會寫下詩詞，有時會將它們放在社交媒體面書，希望大家有緣成為面書朋友，再分享詩詞。

我的電郵（ymtsangmay@yahoo.com.hk）

孤樹

秋風正旺葉已紅
輕嘆空隨漸入冬
獨橋依偎孤影樹
霧河山景已濛濛
2018

孤路

黃葉襯灰空
新裝秋葉濃
破欄幽靜處
孤路伴相逢
2018

冬

秋月已過葉染紅
輕嘆空隨漸入冬
花開花落年復年
髮鬢斑白暮遲中
2018

空雪座

雪花片片寒冬深
一席空櫈無人問
禿枝彎拱迎相抱
未能護座風雪侵
12-1-2019

竹

竹空君子道
耐寒翠常青
搖曳清音絕
昂然氣節存
葉尖幼長直
鋼柔兩並存
29-12-2018

綠

水伴清幽雅
俗氣煩悶除
29-12-2018

黃昏紫花之二

幽谷雅淡草中花
艷紫映照紅粉霞
繁星天掛雲中處
山巒谷底有奇葩
2018

梁祝化蝶

梁苑深情並蒂花
祝融枝上珠露霞
化作鴛鴦長相伴
蝶戀迴蕩情樂加
2-1-2019

九年

三生緣份天注定
九載神傷續仃伶
海角天涯情何在
澄明圓月夜色深
軒然一笑容人襟
9-3-2016

黃昏紫花之一

黃昏映照紫海花
滿天乏彩日落霞
淺唱低吟明天望
惟留記憶念蒼家
2018

相愛

相對相隨相思園
愛惜愛君愛此生
3-1-2019

紅葉珠露

櫻唇葉變紅
露珠吻邊疆
緣份脈上結
相繫在中央
29-12-2018

十年

三生緣份天注定
九霄雲外星空明
海角天涯人何處
澄明圓月夜色深
軒然大波一笑之
丁酉春臨年復始
十載溫寒百味甘
9-3-2017

現代香港詩之
人間清歡品詩香月照浮生弄清涼

夕陽同遊

孤舟獨向西影斜
同遊狹道知己者
水天相映接相連
橋頭共聚酒滿車

2015 年 1 月

一生所愛之一

一曲琴弦動星空
生情圓月紫霞風
所幸佳人盟相約
愛曲彈奏低訴中

26-1-2019

一生所愛之二

一曲琴弦動星空
生情彎月伴艷紅
所願伊人背相依
愛鳴如鳥沐春風

26-1-2019

吾心老爾

吾汝無奈青春限
心態夕陽西下間
老樹獨孤枝強在
爾來靜立伴清閒

7-1-2019

一問何知

一生勞碌是煩苛
問誰金銀福與禍
何似得識魂斷處
知汝珍惜幾度何

3-1-2019

星月

雲月飄蕩水無邊
孤身星海了無痕

2018

天空城

雲海朝日天空城
綠茵瑤池野花星

23-6-2020

願人長久之一

願變星塵掛夜空
人間幾度夕陽紅
長路漫漫知何處
久欲乘風居天宮
27-1-2019

願人長久之二

願變星塵掛夜空
人間幾度聚浮雲
長夜寂靜海閃耀
久絕浪聲醉沉沉
27-1-2019

願人長久之三

願變星塵掛夜空
人間曙色銀河恆
長空雲海月常伴
久欲登天夢飛行
27-1-2019

現代香港詩之
人間清歡品詩香月照浮生弄清涼

八八

天山天池

遠看天山白雪雪
近看天山雪白白
若把天山倒影天池看
上面皓皓白雪
下面雪白皓皓
29-7-2019

端午節

端樓喜賞萬象新
陽升暖日去俗雲
正思雲海綠茵生
氣香野花天空尋
25-6-2020

面書世界

面書長存見有時
何懼今天緣未知
他日雲網同相聚
感嘆夜幕垂樹枝
4-1-2019

誘惑

因循嚴守律
難得一糊塗
3-1-2019

五

廿四節氣詩詞

一年有廿四節氣，可以參考農曆，它們順序是小寒、大寒、立春、雨水、驚蟄、春分、清明、谷雨、立夏、小滿、芒種、夏至、小暑、大暑、立秋、處暑、白露、秋分、寒露、霜降、立冬、小雪、大雪和冬至。

我們以「廿四節氣」為題，真是要花心思技巧，有些難度高，因為要考慮氣候、風俗習慣和詞語性質，有些字不常用，有些字重複了。

Electron 群力創組員常常在通訊群組內分享生活趣事。二零一九年十二月冬至，羅漢聲分享藏頭詩〈冬至〉，隨之我們回應，大家快樂地吟詩作對。我們以「廿四節氣」為主題，開始文字競技，比試誰領風騷。一瞬間群組熱烈分享，交流頻密。

現代香港詩之

人間清歡品詩香月照浮生弄清涼

九〇

冬至

冬寒將至心未冷
至善明德盼春臨

22-12-2019，漢聲

【註】 今天是冬至，家家團圓。羅漢聲首先分享〈冬至〉藏頭詩，然後我們也回應，大家快樂地吟詩作對。

快樂聖誕除夕臨近

快盡一杯愁洗退
樂飲甘露長壽居
聖哲賢理自古傳
誕敷謙遜自視鑽
除卻惆悵逍遙縒
夕望塵間石破穿
臨冬回首影殘倦
近寒歲晚雪添酸

22-12-2019，玉美

【註】 看羅漢聲〈冬至〉，我寫下〈快樂聖誕除夕臨近〉。冬至通常在每年十二月份廿至廿二號，它過後幾天，便是平安夜和聖誕節。聖誕節完結，便到除夕，光陰似箭。

冬至立春

冬至陽生泉水動
立春還須待雪溶
寒夜深深星稀渺
難得知心月下逢

22-12-2019，得光

【註】　徐得光看了我的詩〈快
樂聖誕除夕臨近〉，他承上啟下
寫了〈冬至立春〉，他很有才華，
延續詩詞內容，冬至和立春都是
屬於廿四節氣。

雨水驚蟄

雨前輕拂夢中鈴
水映湖中月朋情
驚怕人間歲月弄
蟄盡幾斷寒江清

22-12-2019，玉美

【註】　我看了徐得光的〈冬至
立春〉詩，頓時糊塗了，不知如
何對下去。於是我查閱廿四節氣
的資料，思索後我寫下〈雨水驚
蟄〉。

春分清明

春蠶何以絲不盡
分飛勞燕各西東
清風難拂眉山聚
明月代我相伴隨

22-12-2019，得光

【註】　徐得光看了我的〈雨水
驚蟄〉詩，他真聰明很快回應了，
他寫下〈春分清明〉。

閑看

滿溢才情蓋不住
一年節氣一瞬間
且待平才輕細嚼
可優閑處且優閑

22-12-2019，漢聲

【註】　羅漢聲謙虛靜看，他寫
下〈閑看〉，於是不續寫廿四節
氣。他是才華橫溢，絕不是平庸。

春分清明

春風明媚花滿城
分將艷彩話友情
清歌合奏園亨唱
明月今宵樂盈盈

22-12-2019，玉美

【註】　我看了徐得光的〈春分
清明〉詩，不甘示弱很快回應，
我同樣寫下〈春分清明〉。我覺
得很有趣味，彼此詩詞回應。可
惜羅漢聲就閑看，否則我們會火
花四起，環接精彩交流。

小滿芒種

小河一彎又一彎
滿面塵霜山過山
芒履踏遍情冷暖
種瓜得豆心自閑

22-12-2019，得光

【註】　徐得光看了我的〈春分
清明〉詩，不氣餒很快又回應，
他寫下〈小滿芒種〉。我立即眼
前醒覺，感覺節奏緊張了，這項
娛樂挑戰，好比古代詩人吟詩作
對比試，不甘示弱，各出其謀。

好勝的我，雖有壓力，仍立即一氣呵成寫了其餘十首的廿四節氣藏頭詩，速度很快，我藉此捷足先登完成。

現代香港詩之

人間清歡品詩香月照浮生弄清涼

谷雨立夏

谷中人散何帶恨
雨打梨花歲月深
立地忘塵已五更
夏來春去柳蔽陰

22-12-2019

小滿芒種

小樓空棧燭影殘
滿地殘柳兩岸間
芒鞋破舊夕陽向
種得傷愁更慘顏

22-12-2019

夏至小暑

夏鶯鳴歌繞一山
至絕音弦飛越寰
小欄倚聽琵琶板
暑風伴送瀉碧灣

22-12-2019

大暑立秋

大江逝水海茫茫
暑雲驚雷浪滄滄
立樹庭中風颯颯
秋起紅葉落紛紛

22-12-2019

處暑白露

處處雛菊碧綠枝
暑夏晴空晚題詩
白雲相伴銀河處
露滴凝脂寒霜知

22-12-2019

秋分寒露

秋晚灣畔澄月明
分寄多情許流星
寒鷹獨飛深宵遠
露洗孤軍杜鵑聲

22-12-2019

霜降立冬

霜月寒天高處深
降雪臨山千萬層
立志床前撰詩文
冬來冷夜照贏身

22-12-2019

小雪大雪

小橋流水喜倚欄
雪花輕飄亭中間
大地山河皆沉醉
雪骨廬山欲見難

22-12-2019

冬至小寒

冬心暖焙寒流退
至今猶有窩心居
小軒淨心書筆醉
寒窗燈前詩篇追

22-12-2019

大寒立春

大道未成迎風行
寒月深沉星苦辛
立身建業人中鳳
春來引勝千株杏

22-12-2019

廿四節氣吟詩作對續篇

玉美成器

玉美成器經雕琢
行雲流水透聲光

13-5-2021，漢聲

【註】 這首藏頭詩是出自羅漢聲。近日我進行校對稿件，分享夢想成真的喜悅給羅漢聲和徐得光，也告知有專業人士讚賞廿四節氣競詩的精彩。漢聲獲悉隨即寫下此詩，我真佩服他的智慧與急才。「聲光」是指「漢聲」和「得光」。

徐侍苦弱

得光閃爍勝朝陽
隨侍苦弱仁心章

13-5-2021，玉美

【註】 我看到羅漢聲上面〈玉美成器〉，便引發靈感再寫下〈徐侍苦弱〉，這首藏頭詩是讚揚徐得光的仁心仁術，他是一位超卓中醫師，平時工作繁忙，照顧病人身體健康，更不忘照顧靈性健康，虔誠傳福音，為病者寫出美麗仁愛生命樂章，「隨」諧音「徐」，第二句首字便是他的姓氏諧音。

漢聲仙翁

看星懸掛南天門
羅浮仙翁冠嶽峰

13-5-2021，玉美

【註】 我看到羅漢聲上面〈玉美成器〉詩，便引發靈感寫下〈漢聲仙翁〉，這首藏頭詩是讚揚羅漢聲的急才與智慧，他喜歡平淡安逸生活，尤如住在桃花源的世外人，「看星」諧音「漢聲」，第二句首字便是他的姓氏。沒有漢聲和得光的吟詩作對，我的詩集失色不少。

六

特別日子
詩詞

特別的日子令我翻開記憶，有一位朋友選擇在二零零二年二月二日結婚，其後也有一位朋友選擇二零零三年三月三日結婚，之後更有朋友選擇於二零零五年五月五日開刀產子，朋友們都想在特別日子做一個留念。故此我也逢場作戲在特別日子寫下詩詞。

現代香港詩之⑥

人間清歡品詩香月照浮生弄清涼

二〇二〇年十二月十四日

一聚塵網兩雙笙
世間情深鳥同林
一夜明月群星伴
愛君天涯兩心盟
愛卿海角浪花觀
你誓山盟情兩歡
愛曲綿綿化比翼
你我共享彩雲盤

14-12-2020

【註】 從日子的普通話諧音引發靈感，這是世紀
難逢的特別日子，不想錯過，寫藏頭詩留念。今天
追看受歡迎的《琉璃》武俠劇，男女主角愛得痴纏，
前九世是彼此仇恨，你我敵對，第十世才有轉捩點，
他們夢醒見從前初心，二人生死相伴，不離不棄。

一夕春雷驚鳥林
別酒相酌苦隨心
一縷煙雨臨江浪
愛盟流逝水茫茫
各擁一影分兩岸
離人孤身上穹蒼
各賦殘詩淚惆悵
離懷滿天心斷腸

18-12-2020

二〇二〇年十二月十八日

【註】　從日子的普通話諧音引發靈感。這是世紀難逢的特別日子，不想錯過，寫詩留念。今天看了《狼殿下》武俠劇，兩男一女主角三人的愛恨情仇，王大陸和李沁愛得含蓄不相認，卻彼此含恨，二人更反目離別。肖戰君子傾慕李沁相伴走天涯，三人為愛犧牲，痛苦離別摯愛，結局傷感。

現代香港詩之

人間清歡品詩香月照浮生弄清涼

二月二日

二月桃花春滿山

零落禿枝雪映殘

二極衰盛生命界

零亂春風吹入懷

零星皓月照人間

二八年華逝不還

零露寒天歲月暗

二千年代怡然心

2020-02-02

【註】 從日子引發靈感，寫下〈二月二日〉，因為這是世紀難逢的特別日子，不想錯過，寫詩留念。詩詞重複「二」「零」字，覺得困難，最後能夠完成。古詩「零亂」與「凌亂」相通。

九八

二月二十日二更

二月仍寒細雨中
零亂雨花滿草叢
二更凝珠煙霧重
零雨蕭蕭遍山峰
零丁洋裏看零星
二鬢斑白歲已窮
二面對錯生涯定
零落殘冬浮世空

2020-02-20

【註】 從日子引發靈感，寫下〈二月二十日二更〉。這是世紀難逢的特別日子，不想錯過，寫詩留念。在本月初，曾執筆寫下〈二日二日〉，相隔十八天再寫一首，也是重覆「二」「零」字，此刻更覺用詞困難，我努力點思考創作，不想放棄，一定成功。古詩「零亂」與「凌亂」相通。

現代香港詩之

人間清歡品詩香月照浮生弄清涼

四月四日

二十五弦箏靜寂

零香斷看故人墳

二分陰陽仙雲席

零磯碎璧難復織

零聲珍重缺臨幸

四月清明煙雨夕

零丁陵墓魂幽斷

四面荒涼心淒戚

2020-04-04

【註】 從日子引發靈感，寫下〈四月四日〉。這是世紀難逢的特別日子，不想錯過，寫詩留念。清明節追看《陳情令》武俠劇，兩男主角肖戰和王一博知己情深，因誤會彼此有隔膜，甚至變成敵人。肖戰魂斷不夜天懸崖，王一博傷心有悔，時常撫琴抒情懷念。電視劇配樂十分出色動聽，我特別喜歡陳悅的〈無羈〉笛子純音樂版，讀者可上網搜尋試聽。

亢傑雅樂結婚

蕭郎穩重敦厚道
亢宗德仁品純良
傑士真賢優才俊
廖女芳華麗姿彩
雅秀纖姿聲韻妙
樂奏柔順怡性嬌
結約寒風飛雪夜
伴侶偕老夢追尋
終極北光天為盟
身繫一生心連心
二人並蒂結良緣
零露甘濃兩共享
二子同盟生同世
零鹽賸米愛情飽
十全完美好姻緣
月滿人間鴛鴦綣
十里歡騰綵雲曲
日照傑樂人間福

2020-10-10

【註】　這是世紀難逢的特別喜慶日子，今天是女兒出閣吉日，絕不錯過，寫下〈亢傑雅樂結婚〉藏頭詩，全詩詞共十八句。中國人喜歡吉祥字，特別喜歡諧音「八」，我寫十八句是取自諧音「實發」，寓意幸福發財、吉祥美好。我特意寫詩祝賀他們，以作留念。祝福亢傑和雅樂永結同心，白頭到老，生活愉快！

七

聽歌看劇 寫詩詞

我喜歡聽音樂，喜歡的種類很多，例如：民歌、粵曲、京曲、黃梅調、南音、古典歌、歌劇、流行曲、民族歌、的士高勁歌、爵士曲、男高音藝術歌、騷靈抒情歌、中樂、小提琴、鋼琴、二胡、簫笙等等。音樂的旋律、和諧、韻律、動力、音調、質地和歌詞都會撩動我。音樂容易引發我的詩詞靈感，曾將英文歌翻譯為中文詩詞，也將中文歌詞撮要成詩詞。如果讀者先了解歌詞，之後閱讀詩詞，那麼可以提高對音樂和詩詞的理解，藉此尋找完美配合。

聽歌看劇寫詩詞

風中塵埃之一

民歌：Dust in the wind
歌星：Kansas
作詞作曲：Kerry Livgren

風月人生輕閉眼
中宵一夕夢迴間
塵囂俗士瞬消逝
埃蓋憂傷永無閒
光焰閃爍浩瀚海
陰陽生死命運災
不知冬盡何時了
再復飛風胸懷開
毋煩人生老病哀
須知蓬萊近身來
執空意念去俗愁
著洗風塵不強求

3-8-2019

【註】 這是著名反戰歌曲，旋律優美。中學時曾聽過同學唱此歌，覺得演繹甚好，結他彈奏如泣如訴，扣人心弦，因此吸引我學習結他伴奏。〈Dust in the wind〉 我翻譯為〈風中塵埃〉。歌詞令我聯想起唱歌的亡友，以藏頭詩「風中塵埃，光陰不再，毋須執著」悼念，結他低泣訴我情。

風中塵埃之二

人生一夕　俗士憂傷
閃爍生死　冬盡飛風
人生蓬萊　意念風塵

3-8-2019

【註】 此詩藏於〈風中塵埃之一〉詩詞中，運用第三、四字直句方塊組合。

風中塵埃之四

人生輕閉眼
一夕夢迴間
俗士瞬消逝
憂傷永無閒
閃爍浩瀚海
生死命運災
冬盡何時了
飛風胸懷開
人生老病哀
蓬萊近身來
意念去俗愁
著洗不強求

3-8-2019

【註】　此詩藏於〈風中塵埃之一〉詩詞中，刪除第一、二字直句組合。

風中塵埃之五

風月中宵塵囂
埃蓋光焰
陰陽不知再復
毋煩
須知執空著洗

3-8-2019

【註】　此詩藏於〈風中塵埃之一〉詩詞中，運用第一、二字直句方塊組合。

風中塵埃之三

現代香港詩之（七）
人間清歡品詩香月照浮生弄清涼

風月輕閉眼
中宵夢迴間
塵囂瞬消逝
埃蓋永無閒
光焰浩瀚海
陰陽命運災
不知何時了
再復胸懷開
毋煩老病哀
須知近身來
執空去俗愁
著洗不強求

3-8-2019

【註】　此藏頭詩藏於〈風中塵埃之一〉詩詞中，刪除了第三、四直行字組合

電視劇：紙房子 Money Heist（西班牙語：La Casa de Papel）
歌曲：My life is going on
歌星：Cecilia Krull

警匪情緣之一

警悟心間塵網客
匪今邂逅愛深刻
情痴缺陷皆天意
緣深同衾兩不移
愛侶心誠自滿杯
恨無詩話心不悔
交連比翼歸無路
纏綿霜月伴星途
生在幽崖君作伴
死而無憾誓不回
相約仲夏月醉漫
伴眠岸灘浪花間

28-8-2019

【註】 這是炙手可熱西班牙警匪鬥智愛情電視劇 Money Heist《紙房子》，開場主題曲〈My life is going on 〉，十分悅耳，電視劇內容緊湊，女督察與教授鬥智鬥法，卻又警匪墮入愛河，不能自拔。引發我寫下〈警匪情緣之一〉藏頭詩，第一直行字句「警匪情緣，愛恨交纏，生死相伴」。Money Heist 先在西班牙走紅，繼而爆紅世界各地。劇中也有一首意大利插曲〈Bella Ciao 〉，我喜歡 Luciana Zogby 和 Kenny Holland & Romy Wave 的結他民歌版本，三人天衣無縫和唱絕配。

警匪情緣之二

心間邂逅 缺陷同衾
心誠詩話 比翼霜月
幽崖無憾 仲夏岸灘

28-8-2019

【註】 此詩詞藏於〈警匪情緣之一〉，運用第三、四字直句方塊組合。

警匪情緣之三

網客深刻 天意不移
滿杯不悔無路
星途作伴不回
醉漫花間

28-8-2019

【註】 此詩詞藏於〈警匪情緣之一〉詩詞中，運用第六、七字直句方塊組合。

警匪情緣之五

心間塵網客
邂逅愛深刻
缺陷皆天意
同衾兩不移
心誠自滿杯
詩話心不悔
比翼歸無路
霜月伴星途
幽崖君作伴
無憾誓不回
仲夏月醉漫
岸灘浪花間

28-8-2019

【註】 此詩詞藏於〈警匪情緣之一〉詩詞中，刪除了第一、二直行字組合。

警匪情緣之四

警悟塵網客
匪今愛深刻
情痴皆天意
緣深兩不移
愛侶自滿杯
恨無心不悔
交連歸無路
纏綿伴星途
生在君作伴
死而誓不回
相約月醉漫
伴眠浪花間

28-8-2019

【註】 此詩詞藏於〈警匪情緣之一〉詩詞中，刪除了第三、四直行字組合。

現代香港詩之（七）

人間清歡品詩香月照浮生弄清涼

只有時間之一

歌曲：Only time
歌星：Enya
作詞作曲：Enya / Nicky Ryan / Roma Shane Ryan

只嘆路遠未知終
有誰難解道艷同
時光流水已消逝
間夕穿梭去幾重
能使心連沐春風
證爾情思並蒂濃
真率誓盟愛心獻
愛幽人生中道窮
永留遺憾墜碧空
恆情遷離斷無縫
不問雙星枯雲眾
變滅情緣杳無蹤

4-10-2019

【註】　此詩詞〈只有時間之一〉靈感是來自網上 8D 版歌曲〈Only Time〉，如果用耳筒聽，便極盡耳福，享受環迴立體八方聲響。我很喜歡歌星 Enya 的古典空靈音韻，她富有技巧地唱出藏頭詩首直句「只有時間，能證真愛，永恆不變」的盼望。她來自愛爾蘭共和國音樂世家，得獎無數，也曾得奧斯卡和金球獎原創音樂，十分有實力。

只有時間之二

路遠難解　流水穿梭
心連情思誓盟
人生遺憾
遷離雙星情緣

4-10-2019

【註】　此詩藏於〈只有時間之一〉
詩詞中，運用第三、四字直句方塊
組合。

現代香海詩之

人間清歡品詩香月照浮生弄清涼

一〇八

只有時間之三

路遠未知終
難解道艷同
流水已消逝
穿梭去幾重
心連沐春風
情思並蒂濃
誓盟愛心獻
人生中道窮
遺憾墜碧空
遷離斷無縫
雙星枯雲眾
情緣杳無蹤

4-10-2019

【註】　此詩藏於〈只有時間之一〉
詩詞中，刪除了第一、二直行字組合。

只有時間之四

只嘆未知終
有誰道艷同
時光已消逝
間夕去幾重
能使沐春風
證爾並蒂濃
真率愛心獻
愛幽中道窮
永留墜碧空
恆情斷無縫
不問枯雲眾
變滅杳無蹤

4-10-2019

【註】　此藏頭詩藏於〈只有時間之
一〉詩詞中，刪除了第三、四直行字
組合。

歌曲：Let her go
歌手：Passenger（Mike Rosenberg）
作詞作曲：Michael David / Rosenberg

讓伊自由去之一

讓由泣月出麗廊

伊人奈何自成鋼

自嘆平湖興波浪

由來暗夜念晨光

去暖寒來雪濕堂

君聽飄雪映日莊

何以深處入淺行

悔不當初任拙莽

欲上華宮嘆長路

追思陳事步斷腸

愛彼琉璃凝淚眶

惜別歲來十數檔

雛兒悲淒風中盪

菊秀盈香成獨往

最憶憐卿夢中降

君別情移半恨郎

愁復閉眼追雲去

今夜星空飛越看

幾回相思幾回寒

許我滄海一笑狂

6-10-2019

【註】　此詩詞靈感是來自一首英國民謠〈Let her go〉，歌詞原是一首優美英詩，聽歌後我寫下〈讓伊自由去之一〉。我喜歡 Boyce Avenue 和 Hannah Trigwell 合唱結他民歌版本，男女合唱彼此泣訴，盡能帶出藏頭詩「讓伊自由去，君何悔欲追，愛惜雛菊最，君愁今幾許」淒戚情感。Boyce 的音色漂亮，磁性吸引有風霜，他的歌聲令人百聽不厭。

讓伊自由去之二

泣月奈何

平湖暗夜寒來飄雪

深處當初　華宮陳事

琉璃歲來悲淒

盈香憐卿　情移閉眼

星空　相思滄海

6-10-2019

【註】　此詩藏於〈讓伊自由去之一〉詩詞中，運用第三、四字直句方塊組合。

讓伊自由去之三

麗廊成鋼　波浪晨光

濕堂日莊　淺行拙莽

長路斷腸　淚眶數檔

中蕩獨往　中降恨郎

雲去越看　回寒笑狂

6-10-2019

【註】　此詩藏於〈讓伊自由去之一〉詩詞中，運用第六、七字直句方塊組合。

讓伊自由去之四

泣月出麗廊

奈何成自鋼

翻海興波浪

暗夜念晨光

寒來雪濕堂

飄雪映日莊

深處入淺行

當初任拙莽

華宮嘆長路

陳事步斷腸

琉璃凝淚眶

歲來十數檔

悲淒風中蕩

盈香成獨往

憐卿夢中降

情移半恨郎

閉眼追雲去

星空飛越看

相思幾回寒

滄海一笑狂

6-10-2019

【註】　此詩藏於〈讓伊自由去之一〉詩詞中，刪除了第一、二直行字組合。

相片存念之一

歌曲：Photograph
作詞作曲：John McDaid /
Ed Sheeran / Tom Leonard /
Martin Harrington

相思遙看悲夜空
片雲孤鷹怨千重
存殘身心恨悲痛
念愛憂家腦憶瘋
愛使人性滿棘叢
思苦思甜兩極峰
永記難磨相片裏
存得一刻花艷紅
人去方知舊酒濃
去後念昔真情送
樓臺虛寂苦悶窮
空對舊照聚相逢
憶得共歡意玲瓏
寄語隨身相片用
心靈暖雲潤殘冬
中有皓月慰寂松

6-10-2019

聽歌看劇寫詩詞

一一一

【註】　我喜歡 Boyce Avenue 的結他民歌，之前寫下 Let her go〈讓伊自由去〉詩詞，今回聽了 Photograph，被他的歌聲打動，我得靈感寫下〈相片存念〉。Boyce Avenue 和 Bea Miller 的民歌合唱版本娓娓動聽，男女對唱，互相傾訴離別情懷，藏頭詩首直句「相片存念，愛思永存，人去樓空，憶寄心中」表達演繹好。相片能夠凍結一刻，讓人尋找回憶。

現代香港詩之（七）

人間清歡品詩香月照浮生弄清涼

相片存念之二

遙看孤鷹　身心憂家
人性思甜　難磨一刻
方知念昔　虛寂舊照
共歡隨身　暖雲皓月

6-10-2019

【註】　此詩藏於〈相片存念之一〉詩詞中，運用第三、四字直句方塊組合。

相片存念之三

夜空千重　悲痛憶瘋
棘叢極峰
片裏艷紅　酒濃情送
悶窮相逢
玲瓏片用　殘冬寂松

6-10-2019

【註】　此詩藏於〈相片存念之一〉詩詞中，運用第六、七字直句方塊組合。

相片存念之四

遙看悲夜空　孤鷹怨千重
身心恨悲痛　憂家腦憶瘋
人性滿棘叢　思甜兩極峰
難磨相片裏　一刻花艷紅
方知舊酒濃　念昔真情送
虛寂苦悶窮　舊照聚相逢
共歡意玲瓏　隨身相片用
暖雲潤殘冬　皓月慰寂松

6-10-2019

【註】　此詩藏於〈相片存念之一〉詩詞中，刪除了第一、二直行字組合。

相片存念之五

相思悲夜空
片雲怨千重
存殘恨悲痛
念愛腦憶瘋
愛使滿棘叢
思苦兩極峰
永記相片裏
存得花艷紅
人去舊酒濃
去後真情送
樓臺苦悶窮
空對聚相逢
憶得意玲瓏
寄語相片用
心靈潤殘冬
中有慰寂松

6-10-2019

【註】　此詩藏於〈相片存念之一〉詩詞中，刪除了第三、四直行字組合。

伊人傾情之一

歌曲：Someone like you
歌星：Adele
作曲作詞：Dan Wilson / Adele

伊誰絲蘿寄託君
人間幾度赴紅塵
傾蓋相愛續繼人
情負粗糠惟不幸
智者難逃情何堪
慧命浮生苦海沉
心斷消逝逐風遠
聲繞哀怨忘情戀
平看依舊昔日夢
安能星月共回尋
祝君邁步遙萬里
福城新詠落歸根

2-8-2019

【註】　我不知道年輕人的潮流愛好，十數年前某天問女兒有什麼流行歌曲，她推薦了英國歌星 Adele〈Someone like you〉。我聽了便喜歡她的風格技巧，高音穩固，低音哀怨。她主唱〈Someone like you〉得獎很多，她專長演譯騷靈流行曲。這首歌曾在美國、愛爾蘭、紐西蘭、澳大利亞、巴西、法國和瑞士的榜單上登頂，風頭一時無兩。歌詞很感人，我得靈感寫下〈伊人傾情之一〉藏頭詩，首直句「伊人傾情，智慧心聲，平安祝福」。

現代香海詩之

人間清歡品詩　香月照浮生弄清涼

伊人傾情之二

絲蘿幾度相愛
粗糠難逃浮生
消逝哀怨
依舊星月
邁步新詠

8-2-2018

【註】　此詩藏於〈伊人傾情之一〉
詩詞中，運用第三、四字直句方塊組
合。

伊人傾情之三

託君紅塵　繼人不幸
何堪海沉　風遠情戀
日夢回尋　萬里歸根

2-8-2019

【註】　此詩藏於〈伊人傾情之一〉
詩詞中，運用第六、七字直句方塊組
合。

伊人傾情之四

絲蘿託君　幾度紅塵
相愛繼人　粗糠不幸
難逃何堪　浮生海沉
消逝風遠　哀怨情戀
依舊日夢　星月回尋
邁步萬里　新詠歸根

2-8-2019

【註】　此詩藏於〈伊人傾情之一〉
詩詞中，刪除第一、二、五字直句。

伊人傾情之五

伊誰寄託君
人間赴紅塵
傾蓋續繼人
情負惟不幸
智者情何堪
慧命苦海沉
心斷逐風遠
聲繞忘情戀
平看昔日夢
安能共回尋
祝君遙萬里
福城落歸根

2-8-2019

【註】　此詩藏於〈伊人傾情之一〉
詩詞中，刪除第三、四字直句組合。

綠野田園之一

歌曲：Greenfields
歌星：Brothers Four
作詞作曲：Terry Gilkyson / Frank Miller / Richard Dehr

綠草如茵陽照金
山河水流兩雙笙
逍遙浮雲碧空掛
田野情緣盟愛心
綠原青青枯竭塵
幽谷泉流懷抱憾
寒風戚心無暖日
鴛鴦離斷陌路人
君踏惑路斷夢碎
尋問星際巫峽雲
天涯故人思殘月
盼影舊回翠綠心

17-6-2019

【註】　中學時代，學院派結他民歌十分流行，回憶我常常和同學抱結他自彈自唱。七零年代，美國民謠歌星組合 Brothers Four 很受歡迎，吸引各地歌迷，〈Greenfields〉便是 Brothers Four 的成名作。四人和諧音韻富磁性魅力，結他音律更美妙。我喜歡民歌〈Greenfields〉，歌詞引發寫下〈綠野田園之一〉藏頭詩詞，通常我放隱字在首直句，但是詩詞則在第三直行「如水浮情，青泉戚離，惑星故舊」。

綠野田園之二

綠草山河　逍遙田野
綠原幽谷　寒風鴛鴦
君踏尋問　天涯盼影

17-6-2019

【註】　此詩藏於〈綠野田園之一〉詩詞中，運用第一、二字直句方塊組合。

綠野田園之三

陽照兩雙　碧空盟愛
枯竭懷抱無暖
陌路斷夢
巫峽思殘翠綠

17-6-2019

【註】　此詩藏於〈綠野田園之一〉詩詞中，運用第五、六字直句方塊組合。

綠野田園之四

綠草陽照金　山河兩雙笙
逍遙碧空掛　田野盟愛心
綠原枯竭塵　幽谷懷抱憾
寒風無暖日　鴛鴦陌路人
君踏斷夢碎　尋問巫峽雲
天涯思殘月　盼影翠綠心

17-6-2019

【註】　此詩藏於〈綠野田園之一〉詩詞中，刪除第三、四字直句組合。

綠野田園之五

如茵陽照金
水流兩雙笙
浮雲碧空掛
情緣盟愛心
青青枯竭塵
泉流懷抱憾
戚心無暖日
離斷陌路人
惑路斷夢碎
星際巫峽雲
故人思殘月
舊回翠綠心

17-6-2019

【註】　此藏頭詩藏於〈綠野田園之一〉詩詞中，刪除第一、二字直句組合。

寂靜之音之一

歌曲：Sound of Silence
主唱：Simon / Garfunkel
作曲作詞：Paul Simon

寂寞孤舟寒江水
靜曲獨音莫問誰
之子聽卻不聞聲
音容飄遠月影隨

27-6-2019

【註】 七零年代，美國民謠歌星組合 Simon and Garfunkel 十分炙熱火紅，深受世界各地歌迷愛戴。〈Sound of silent〉是 Simon and Garfunkel 的出色作品。二人音質非常合拍融和。歌星生於動蕩，歌曲是反戰、反暴力和反種族歧視心聲。我極喜歡這個 Simon and Garfunkel 組合，因為他們有很多動聽的民歌。〈Sound of silent〉歌詞和旋律優美，引發我寫下〈寂靜之音之一〉藏頭詩。

寂靜之音之二

寂寞寒江 靜曲莫問
之子不聞 音容月影

27-6-2019

【註】 此詩藏於〈寂靜之音之一〉詩詞中，運用第一、二、五、六字橫句組合。

寂靜之音之三

寂寞靜曲 之子音容
孤舟獨音 聽卻飄遠
寒江莫問 不聞月影

27-6-2019

【註】 此詩藏於〈寂靜之音之一〉詩詞中，運用第一至六字直句方塊組合。

現代香港詩之

人間清歡品詩香月照浮生弄清涼

空中漫步之一

歌曲：Walking in the air
主唱：Aled Jones
作詞作曲：Howard Blake / Flavien Cheminant

空際萬籟靜寂星

中夜飛翔月宮亭

漫天綺麗雙飛峽

步搖騰空觀世情

飛仙夢迴銀河殿

越谷山巒翠嶺顛

同醉並肩冰霜伴

遊山玩水廣闊天

27-6-2019

【註】　這詩詞〈空中漫步之一〉靈感是來自電影動畫《雪人》配樂及主題曲。電影內播放的歌曲〈Walking in the air〉是由聖保羅大教堂合唱團男孩 Peter Auty 主唱，男童高音清脆，似出谷黃鶯，令人聯想藏頭詩第一字直行「空中漫步，飛越同遊」的感覺。

空際中夜　漫天步搖
飛仙越谷　同醉遊山

27-6-2019

【註】　此詩藏於〈空中漫步之一〉詩詞中，運用第一、二字直句方塊組合。

萬籟飛翔　綺麗騰空
夢迴山巒　並肩玩水

27-6-2019

【註】　此詩藏於〈空中漫步之一〉詩詞中，運用第三、四字直句方塊組合。

靜寂月宮　雙飛觀世
銀河翠嶺　冰霜廣闊

27-6-2019

【註】　此詩藏於〈空中漫步之一〉詩詞中，運用第五、六字直句方塊組合。

空際靜寂　中夜月宮
漫天雙飛　步搖觀世
飛仙銀河　越谷翠嶺
同醉冰霜　遊山廣闊

27-6-2019

【註】　此詩藏於〈空中漫步之一〉詩詞中，運用第一、二、五、六字橫句組合。

飛鷹入雲碧海中
越嶺奇峰山萬重
天邊遙處遠千里
空中瓊樓影艷紅
騰身龍旋化急風
雲雨無情雷聲隆
駕雲飛航心自在
霧鎖人間白玉台

3-8-2019

【註】　這詩詞靈感也是來自歌曲〈Walking in the air〉，男孩 Peter Auty 主唱，他音域十分廣，能夠唱超高音，似懸掛在天空，感覺正如藏頭詩第一字直行「飛越天空，騰雲駕霧」。

空中漫步之二

空中漫步之三

空中漫步之四

空中漫步之五

飛越天空

聽歌看劇寫詩詞

一一九

失去伊人之一

歌曲：Without you
歌星：Mariah Carey
作曲作詞：Peter William Ham / Thomas Evans

焉能忘斷伊人舍

獨影離城酸風夜

緣盡遺棄情終結

紅顏粉臉滿淚嗟

眼底吐盡悲斷琴

苦笑逢迎孑然悷

屋櫟悲照故人戾

麗港無情陸臺居

君終嘗杯驪歌淚

念歡明天寂寞旅

悲看未來明日望

未能釋懷憂傷看

別後憶念思遠人

離聲道別藏底蘊

昔日紅顏人間殞

圓月依偎伴星雲

夢幻智慧虛告之

深憾伊人鳳去時

天地混沌星河缺

痛心疾首永別訣

17-6-2019

【註】 這首詩詞〈失去伊人之一〉靈感是來自抒情搖滾歌〈Without you〉，我喜歡美國歌星 Mariah Carey 的版本，她是一位漂亮實力派歌星，唱歌技巧卓越。〈Without you〉被她翻唱，立即成為家傳戶曉的歌曲。

現代香港詩②

人間清歡品詩香月照浮生弄清涼

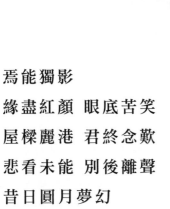

失去伊人之二

焉能獨影

緣盡紅顏　眼底苦笑

屋樑麗港　君終念歎

悲看未能　別後離聲

昔日圓月夢幻

深憾天地痛心

17-6-2019

【註】　此詩藏於〈失去伊人之一〉詩詞中，運用第一、二字直句方塊組合。

失去伊人之三

忘斷離城　遺棄粉臉

吐盡逢迎　悲照無情

嘗杯明天　未來釋懷

憶念道別紅顏

依偎智慧

伊人混沌疾首

17-6-2019

【註】　此詩藏於〈失去伊人之一〉詩詞中，運用第三、四字直句組合。

失去伊人之四

伊人酸風　情終滿淚

悲斷孑然　故人陸臺

驪歌寂寞　明日憂傷

思遠藏底　人間伴星

虛告鳳去　星河永別

17-6-2019

【註】　此詩藏於〈失去伊人之一〉詩詞中，運用五、六字直句方塊組合。

失去伊人之五

忘斷伊人舍　離城酸風夜

遺棄情終結　粉臉滿淚嗟

吐盡悲斷琴　逢迎孑然惴

悲照故人戾　無情陸臺居

嘗杯驪歌淚　明天寂寞旅

未來明日望　釋懷憂傷看

憶念思遠人　道別藏底蘊

紅顏人間殞　依偎伴星雲

智慧虛告之　伊人鳳去時

混沌星河缺　疾首永別訣

17-6-2019

【註】　此詩藏於〈失去伊人之一〉詩詞中，刪除第一、二字直句組合。

2 中文歌

歌曲：捲珠簾
歌星：霍尊
作詞：李姝／LUNA
作曲：霍尊

捲珠簾之一

雲淡風輕夢徘徊
傷逝痛苦命盡灰
捲珠簾席思念誰
午夜離別情難追
雙子星照梨花淚
愚人相思愁知許
暮春細雨喚曉芽
流水落花春去也
蕭瑟遠處弦聲淚
閒雲野鶴斷翼軀

2015 平安夜

【註】 詩詞靈感是來自歌曲〈捲
珠簾〉，我十分喜歡歌星霍尊的
獨特唱腔。

捲珠簾之二

雲淡風輕夢徘徊
捲珠簾席顧念誰
午夜雙星情為難
暮春細雨喚綠芽
流水落花春去也
蕭瑟遠處琴聲在
閒雲野鶴萬里遊
物動風移轉眼秋

2015 平安夜

【註】 詩詞靈感是來自〈滕王閣
序〉中一句「畫棟朝飛南浦雲，珠簾
暮捲西山雨」，它是淒美愛情故事。
霍尊超卓才華，唱腔常帶有京曲音
調。我很喜歡〈捲珠簾〉歌曲，歌詞
引發我寫下〈捲珠簾之一〉和〈捲珠
簾之二〉詩詞。

現代香港詩之七
人間清歡品詩香月照浮生弄清涼

一二二

捲珠簾之五

雲淡風輕　傷逝痛苦
捲珠簾席　午夜離別
雙子星照　愚人相思
暮春細雨　流水落花
蕭瑟遠處　閒雲野鶴

2015 平安夜

【註】　此詩藏於〈捲珠簾之一〉詩詞
中，運用第一至四字橫句組合。

捲珠簾之六

雲淡風輕　捲珠簾席
午夜雙星　暮春細雨
流水落花　蕭瑟遠處
閒雲野鶴　物動風移

2015 平安夜

【註】　此詩藏於〈捲珠簾之二〉詩詞
中，刪除第五至七字直行組合。

捲珠簾之三

雲淡　傷逝捲珠
午夜雙子愚人
暮春流水　蕭瑟閒雲

2015 平安夜

【註】　此詩藏於〈捲珠簾之一〉詩
詞中，運用第一、二字直句方塊組合。

捲珠簾之四

夢徘命盡　思念情難
梨花愁知　喚曉春去
弦聲斷翼

2015 平安夜

【註】　此詩藏於〈捲珠簾之一〉詩
詞中，運用第五、六字橫句組合。

美若黎明之一

現代香港詩之

人間清歡品詩香月照浮生弄清涼

歌曲：美若黎明
歌星：李健
作曲作詞：李健

美侖日暉鎖西江
若似金沙石海藏
黎明火發群星退
明霞吐艷浪濤追

30-12-2018

【註】　詩詞靈感是來自歌曲〈美若黎明〉，歌曲伴奏是手風琴。李健專長是民謠風格，他演繹溫暖而古典，輕柔動聽音韻出色，技巧很好。我以歌曲名稱寫下藏頭詩〈美若黎明之一〉，因為我聽著〈美若黎明〉時，在網上看見一幅漂亮日出相片，它吸引了我，故此詩詞只描寫日出景色。

美若黎明之二

日暉鎖西江　金沙石海藏
火發群星退　吐艷浪濤追

30-12-2018

【註】　此詩藏於〈美若黎明之一〉詩詞中，刪除第一、二字直行組合。

美若黎明之三

美侖若似黎明
明霞日暉金沙
火發吐艷　西江海藏
星退　濤追

30-12-2018

【註】　此詩藏於〈美若黎明之一〉詩詞中，刪除第五字直行，再運用第一至四、六、七字直句方塊組合。

晚之一

歌曲：每一個晚上
歌星：林子祥
作曲：Andrew Llloyd
作詞：林振強

每逢睹物思故人
一詩牽動繞入心
個中無言寂靜看
晚涼惆悵望星光
上萬千迴渡風浪
美景良辰雲相遇
依窗無眠寒天處
子夜弦歌不寄書
雲中飛翔分遠岸
上得夜空淚千行

1-5-2020

【註】　藏頭詩詞〈晚之一〉靈感
是來自林子祥〈每一個晚上〉，他
是八零年代紅藝人，他擁有優雅柔
韌獨特歌喉。〈每一個晚上〉旋律
哀怨悠揚，歌詞令我憶念亡友，盼
其安息！

晚之二

睹物牽動
無言惆悵千迴
良辰無眠弦歌
飛翔夜空

1-5-2020

【註】　此詩藏於〈晚之一〉詩詞，
運用第三、四字直句方塊組合。

晚之三

故人入心　靜看星光
風浪相遇天處
寄書遠岸千行

1-5-2020

【註】　此詩藏於〈晚之一〉詩詞，
運用第六、七字直句方塊組合。

現代香港詩之（七）

人間清歡品詩香月照浮生弄清涼

晚之四

每逢思故人
一詩繞入心
個中寂靜看
晚涼望星光
上萬渡風浪
美景雲相遇
依窗寒天處
子夜不寄書
雲中分遠岸
上得淚千行

1-5-2020

【註】 此詩藏於〈晚之一〉詩詞，刪除第三、四字直句組合。

晚之五

睹物思故人
牽動繞入心
無言寂靜看
惆悵望星光
千迴渡風浪
良辰雲相遇
無眠寒天處
弦歌不寄書
飛翔分遠岸
夜空淚千行

1-5-2020

【註】 此詩藏於〈晚之一〉詩詞，刪除第一、二字直句組合。

忘不了你之一

歌曲：忘不了你
歌星：譚詠麟
作詞：林敏聰
作曲：五輪真弓

情遇知心雲山屏
深淡淺交建長情
痴雲暖風牽牛星
漢為織女奏曲聲
熱戀依偎拜月亭
誠知憂患度杳冥
滿地殘雪難溫馨
腔中愛詩喚不醒
唯捨塵緣心轉靈
獨醉斷思哀曲聽
依舊浪灣低風清
戀月隨星難繫鈴
忘卻人間亂草青
不語情結滿芳庭
了知世緣相思夢
你我漂泊離月明

1-12-2019

【註】 藏頭詩詞〈忘不了你之一〉靈感是來自五輪真弓〈戀人啊〉。這首日本歌曲被填寫上中文歌詞，它火速成為經典粵語流行歌曲。自〈忘不了你〉受歡迎，樂壇流行使用日本歌曲。歌曲音韻哀怨痛感，詩詞第一字直句「情深痴漢，熱誠滿腔，唯獨依戀，忘不了你」表達無違。

忘不了你之二

知心淺交
暖風織女 依偎憂患殘雪
愛詩 塵緣斷恩
浪灣隨星
人間情結 世緣漂泊

1-12-2019

【註】 此詩藏於〈忘不了你之一〉詩詞中，運用第三、四字直句方塊組合。

忘不了你之三

知心雲山屏 淺交建長情
暖風牽牛星 織女奏曲聲
依偎拜月亭 憂患度杳冥
殘雪難溫馨 愛詩喚不醒
塵緣心轉靈 斷思哀曲聽
浪灣低風清 隨星難繫鈴
人間亂草青 情結滿芳庭
世緣相思夢 漂泊離月明

1-12-2019

【註】 此詩藏於〈忘不了你之一〉詩詞中，刪除第一、二字直句組合。

海浪聲之一

日本歌曲：潮騷
作曲作詞：五輪真弓
歌星：五輪真弓

海澄晴空鄉遠飛
浪曲彈奏現生悲
潮湧西風身飄絮
汐捲灘石映夢醉
聲傳鄉曲孤愁腸
音信誰問遠渡洋

26-8-2019

【註】 藏頭詩詞〈海浪聲之一〉靈感是來五輪真弓〈潮騷〉，這首日本歌表達思念故鄉。五輪真弓被公認為樂壇才女，她作曲、填詞和唱歌都資優，她的作品在亞洲受歡迎。香港音樂製作公司熱買五輪真弓作品版權，填上中文歌詞後推出本地市場。由於五輪真弓作品優秀，由此興起日本歌曲潮流。

現代香港詩之
人間清歡品詩 香月照浮生弄清涼

一三八

海浪聲之二

晴空彈奏　西風灘石
鄉曲誰問　遠飛生悲
飄絮夢醉　愁腸渡洋

26-8-2019

【註】 此詩藏於〈海浪聲之一〉詩詞中，運用第三、四、六、七字直句方塊組合。

海浪聲之三

海澄鄉遠飛
浪曲現生悲
潮湧身飄絮
汐捲映夢醉
聲傳孤愁腸
音信遠渡洋

26-8-2019

【註】 此藏頭詩藏於〈海浪聲之一〉詩詞中，刪除第三、四字直句組合。

海浪聲之四

晴空鄉遠飛　彈奏現生悲
西風身飄絮　灘石映夢醉
鄉曲孤愁腸　誰問遠渡洋

26-8-2019

【註】 此詩藏於〈海浪聲之一〉詩詞中，刪除第一、二字直句組合。

後來之一

歌曲：後來
歌星：劉若英
作詞：施人誠
作曲：玉城千春

後夜相思樓已空
來伴缺月道不同
總懷倩影情歌舞
算心難覓緣飄蓬
學得憐愛卿遠去
會歸浮萍愁自取
如今未忘仲夏夜
何時何處星月居
珍重猶憐雛菊謝
惜別花前苦痛嗟
去後孤松悲自嘆
愛歌絕唱弦已刪

25-8-2019

【註】 藏頭詩詞〈後來之一〉靈感是
來自劉若英〈後來〉。年輕時，很喜歡
看劉若英電影。她是一位卓越藝人，她
是女歌手、演員、作家、導演、編劇、
小說作家。她是亞太影展、東京國際電
影節、台北電影節、金鐘獎、香港電影
金紫荊獎和中國大眾電影百花獎最佳女
主角。〈後來〉首句由高音突出歌曲名
稱，旋律優美訴説前塵往事，喻人珍惜，
見第一字直行「後來，總算學會，如何
珍惜去愛」。

後來之二

相思缺月　倩影難覓
憐愛浮萍　未忘
何處猶憐
花前孤松絕唱

25-8-2019

【註】 此詩藏於〈後來之一〉詩詞
中，運用第三、四字直句方塊組合。

後來之三

相思樓已空　缺月道不同
倩影情歌舞　難覓緣飄蓬
憐愛卿遠去　浮萍愁自取
未忘仲夏夜　何處星月居
猶憐雛菊謝　花前苦痛嗟
孤松悲自嘆　絕唱弦已刪

25-8-2019

【註】 此詩藏於〈後來之一〉詩詞
中，刪除第一、二字直句組合。

歌曲：恨綿綿
歌星：關正傑
作詞：鄭國江
作曲：何占豪／陳綱

化蝶之一

美好良緣多波折
蒼天弄人情難滅
情困繭中苦滿結
悲歌舊事夢未絕
情長義深愛不盡
化蝶雙星雲中脫

21-11-2019

【註】　詩詞〈化蝶之一〉靈感是來自小提琴協奏曲〈梁山伯與祝英台〉。
我最喜歡的是前中樂團團長黃安源的高二胡演奏版本。多年前，每逢有
中樂演出，我必會購票欣賞。高二胡樂器是國粹文化，奏出音色特別哀
怨，正好配合梁山伯與祝英台的悲傷愛情。這首曲被填詞後由關正傑主
唱，曾在電視劇《天龍八部之虛竹傳奇》播出。

化蝶之二

美好良緣　蒼天弄人
情困繭中　悲歌舊事
情長義深　化蝶雙星

21-11-2019

【註】　此詩藏於〈化蝶之一〉詩詞中，刪除第五至七字句組合。

化蝶之三

美好蒼天　情困悲歌
情長化蝶　良緣弄人
繭中舊事　義深雙星

21-11-2019

【註】　此詩藏於〈化蝶之一〉詩詞中，運用第一至四字直句方
塊組合。

為什麼之一

歌曲：為什麼
作曲：五輪真弓
作詞：鄭國江
歌星：盧業媚

詩盡燭殘老禿枝
篇章字盡死別時
九重仙樂彩鳳姿
十方得意享樂池
讓與世人自覓知
世間生死老病去
人生如夢萬驚雷
得失成敗百嘗試
智眼尋覓真理詩
慧命如絲苦堪憐
的知命轉瞬即逝
心隨塵埃惜別時

25-8-2019

【註】　藏頭詩詞〈為什麼之一〉靈感是來自聖經〈詩篇第九十篇 1 至 17 節〉和自五輪真弓作品〈為什麼〉。

祢使人歸於塵土，說：「世人那，你們要歸回。」在祢看來，千年如已過的昨日，又如夜間的一更。〈詩篇 90：3-4 節〉

我們經過的日子，都在祢震怒之下，我們度盡的年歲，好像一聲嘆息。我們一生的年日是七十歲，若是強壯可到八十歲；但其中所矜誇的不過是勞苦愁煩，轉眼即逝，我們便如飛而去。〈詩篇 90：9-10 節〉

詩詞第一字直行「詩篇九十讓世人得智慧的心」，藉此金句希望讀者找到豐盛生命。

現代香港詩之七

人間清歡品詩香月照浮生弄清涼

為什麼之二

燭殘字盡　仙樂得意
世人生死如夢
成敗尋覓
如絲命轉塵埃

25-8-2019

【註】　此詩藏於〈為什麼之一〉詩詞中，運用第三、四字直句方塊組合。

為什麼之三

老禿死　別彩鳳
享樂自覓　老病萬驚
百嘗真理　苦堪
瞬即惜別

25-8-2019

【註】　此詩藏於〈為什麼之一〉詩詞中，運用第五、六字直句方塊組合。

為什麼之四

詩盡燭殘
篇章字盡
九重仙樂
十方得意
讓與世人
世間生死
人生如夢
得失成敗
智眼尋覓
慧命如絲
的知命轉
心隨塵埃

25-8-2019

【註】　此藏頭詩藏於〈為什麼之一〉詩詞中，刪除第五至七字直句組合。

寒情之一

歌曲：寒傲似冰
主唱：蔡國權
作曲作詞：蔡國權

晚風低吹天悄靜
雙子星掛天際亭
熱情愛慕銀河照
寒傲似冰英雄情

15-5-2020

【註】　詩詞〈寒情之一〉靈感是來自蔡國權〈寒傲似冰〉，此曲富古雅柔和。

寒情之二

雙子星掛天際亭
熱情愛慕銀河傾
寒傲似冰英雄勁
晚風低吹傳説鳴

15-5-2020

【註】　詩詞〈寒情之二〉靈感是來自蔡國權〈寒傲似冰〉，此曲古雅柔和。蔡國權才華橫溢，不幸盛年車禍，摧毀了事業。人生如夢福禍無常，回想我曾遭遇三次車禍逃過險惡，真是感恩。

寒情之三

雙子熱情　寒傲晚風
天際銀河　英雄傳説

15-5-2020

【註】　此詩藏於〈寒情之二〉詩詞中，運用第一、二、五、六字直句方塊組合。

3 中文電視劇或電影

現代香港詩之

人間清歡品詩　香月照浮生弄清涼

一三四

只有情永在之一

電視劇：賊公阿牛
歌曲：只有情永在
歌星：張學友 / 鄺美雲
作詞：鄧偉雄
作曲：顧嘉輝

只緣雙星伴月台
有艷銀光彩雲開
情心邂逅戀風蓋
永夜長伴幸福來
在雲飄搖神傾國
無窮恩澤不變改
須撥堅忍避禍害
分無遐想天離海
對月臥雲蜜運載
錯恨光陰如箭哀
恩許承諾永恆誓
怨絕無悔戰征凱
不望俗塵如勝幗
分得閒心渡蜜江
開顏齊赴天涯角
此生只繫緣愛才
心在天空飛翔夢
何愁白髮夕陽看
曾歷千山不頹喪
改盡桑田愛情鋼

1-12-2019

【註】　藏頭詩詞〈只有情永在之一〉靈感是來自電視劇《賊公阿牛》，主題曲旋律柔和悅耳，男女和唱音色佳。我很喜歡張學友，他是謙和實而不華的歌手。見第一字直行「只有情永在，無須分對錯，恩怨不分開，此心何曾改」，表達愛深情重。

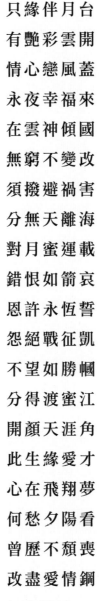

只有情永在之二

雙星銀光
邂逅長伴飄搖
恩澤堅忍　遐想　臥雲
光陰承諾　無悔俗塵
開心齊赴　只繫天空
白髮千山桑田

1-12-2019

【註】　此詩藏於〈只有情永在之一〉詩詞中，運用第三、四字直句方塊組合。

只有情永在之三

伴月彩雲　戀風幸福
神傾不變　避禍天離
蜜運如箭永恆
戰征如勝　渡蜜天涯
緣愛飛翔夕陽
不頹愛情

1-12-2019

【註】　此詩藏於〈只有情永在之一〉詩詞中，運用第五、六字直句方塊組合。

只有情永在之四

只緣伴月台
有艷彩雲開
情心戀風蓋
永夜幸福來
在雲神傾國
無窮不變改
須撥避禍害
分無天離海
對月蜜運載
錯恨如箭哀
恩許永恆誓
怨絕戰征凱
不望如勝幗
分得渡蜜江
開顏天涯角
此生緣愛才
心在飛翔夢
何愁夕陽看
曾歷不頹喪
改盡愛情鋼

1-12-2019

【註】　此藏頭詩藏頭藏於〈只有情永在之一〉詩中，刪除三、四字真行組合。

滾滾紅塵之一

現代香港詩之
人間清歡品詩香月照浮生弄清涼

電影／歌曲：滾滾紅塵
導演：嚴浩
主唱：陳淑華
作曲作詞：羅大佑

滾盪亂世一情緣
滾燙盟心月滿圓
紅顏青娥經初世
塵中流浪雙星淒
亂朝誰憐伊人願
世道難覓幸福源
情痴愛慕來易來
緣淺情深去難去
愛星愛夜愛盈月
恨飢恨荒恨戰亂
交織愛憾苦相連
纏命半生憾難填

24-8-2019

【註】 藏頭詩詞〈滾滾紅塵之一〉靈感是來自台灣作家三毛的編劇《滾滾紅塵》，第一字直行「滾滾紅塵，亂世情緣，愛恨交纏」，便是表達戰亂淒美愛情故事。中學時我很喜歡三毛作品，《撒哈拉的沙漠》便是我第一本讀物。台灣歌星羅大佑作曲作詞〈滾滾紅塵〉，此曲非常悅耳動聽。我最喜張碧晨和瞿穎合唱版本，音質相似極之和諧。

滾滾紅塵之二

亂世盟心
青娥流浪　誰憐
難覓愛慕情深
愛夜恨荒　愛憾半生

24-8-2019

【註】 此詩藏於〈滾滾紅塵之一〉詩詞中，運用第三、四字直句方塊組合。

滾滾紅塵之三

亂世情緣　盟心滿圓
青娥初世　流浪星淒
誰憐人願　難覓福源
愛慕易來　情深難去
愛夜盈月　恨荒戰亂
愛憾相連　半生難填

24-8-2019

【註】 此詩藏於〈滾滾紅塵之一〉詩詞中，刪除第一、二、五字直句組合。

犬夜叉之一

日本電視動畫：犬夜叉
（穿越時空的思念）
作者：高橋留美子
作曲：和田薰
中文歌曲名稱：櫻散零亂
歌曲原唱：暮落楓
中文作詞：昭朔琰

犬噬情花櫻散亂
夜食斜陽渺清煙
叉路分途各惆悵
穿星渡月更斷腸
越上雲溪萬里鄉
時將失意掛鎖窗
空對銀河黑洞看
的當夢醒對幽堂
思親日夕愁滿腔
念月星光夢一場

25-9-2019

【註】 藏頭詩詞〈犬夜叉之一〉靈感
是來自日本電視動畫《犬夜叉》，見第
一字直行便是中文名稱「犬夜叉穿越時
空的思念」，這首音樂被填上中文歌詞
名叫〈櫻散零亂〉。《犬夜叉》的配樂
極受歡迎，不論用什麼樂器演奏也十分
悅耳，觸動人心，音樂家曾用鋼琴、結
他、二胡、笛子、簫、單簧管、口琴等
等，甚至冷門樂器嗩吶也有演奏，不失
音韻。

犬夜叉之二

情花散亂　斜陽清煙
分途惆悵　渡月斷腸
雲溪里鄉　失意鎖窗
銀河洞看　夢醒幽堂
日夕滿腔　星光一場

25-9-2019

【註】 此詩藏於〈犬夜叉之一〉詩
詞中，刪除第一、二、五字直句組
合。

一三七

犬夜叉之三

情花斜陽
分途渡月
雲溪失意
銀河夢醒
日夕星光

25-9-2019

【註】 此詩藏於〈犬夜叉之一〉詩
詞中，運用第三、四字直句方塊組
合。

天空之城之一

電影動畫：天空之城
導演編劇：宮崎駿
配樂：久石讓
片尾曲：伴隨著你

天淨如鏡愁雲遠
空懸星河照血緣
之子思念夢登天
城闕天宮彩虹院
漫漫地沿燈閃閃
遊人霜伴親念惦
相逢有緣世續轉
聚首遐想重逢天

18-7-2019

【註】 藏頭詩〈天空之城之一〉靈感是來自日本動漫電影《天空之城》片尾曲〈伴隨著你〉。電影配樂很配合劇情，千山萬水尋親，我最喜歡是陶笛或結他演奏版本，曲調淒美動聽，盡顯思念親人，有如第一字直行描述「天空之城漫遊相聚」。

現代香港詩之⑦
人間清歡品詩 香月照浮生弄清涼

一三八

天空之城之二

天淨空懸之子
城闕漫漫遊人
相逢聚首

18-7-2019

【註】 此詩藏於〈天空之城之一〉詩詞中，運用第一、二字直句方塊組合。

天空之城之三

如鏡星河 思念
天宮地沿
霜伴有緣
遐想

18-7-2019

【註】 此詩藏於〈天空之城之一〉詩詞中，運用第三、四字直句方塊

天空之城之四

愁雲照血夢
登彩虹
燈閃親念
世續重逢

18-7-2019

【註】 此詩藏於〈天空之城之一〉詩詞中，運用第五、六字直句方塊組合。

紫海之一

電影：悟空傳
歌曲：紫
歌星：蔡健雅
作詞：田丁
作曲：波多野裕介

黃昏映著紫海砂
滿天泛彩日落霞
嬉水相依命相隨
天際銀河甜蜜家

30-12-2018

【註】 詩詞〈紫海之一〉靈感來自電影《悟空傳》。

紫海之三

黃昏滿天 嬉水天際
映著泛彩 相依銀河
紫海日落 命相甜蜜

30-12-2018

【註】 此詩藏於〈紫海之一〉詩詞中，見第一至六直行方塊組合。

紫海之二

黃昏映著紫海砂
滿天泛彩日落霞
淺唱低吟窮途望
斷石漂泊末路家

30-12-2018

【註】 詩詞靈感是來自電影《悟空傳》劇情，由彭于晏飾演齊天大聖，他在低谷失落的日子，懷念昔日輝煌，紫色憂鬱的落日斜陽令他感慨萬千，紅顏知己勉勵後他改變人生方向，振作重拾希望。我一邊聽歌一邊瀏覽網站，見到兩幅紫色日落圖片，引發寫下兩詩〈紫海之一〉〈紫海之二〉，它們是兩個對比情景。

紫海之四

黃昏滿天 淺唱斷石
映著泛彩 低吟漂泊
紫海日落 窮途末路

30-12-2018

【註】 此詩藏於〈紫海之二〉詩詞中，見一至六直行方塊組合。

現代香港詩之七

人間清歡品詩香月照浮生弄清涼

獅子山下

歌曲：獅子山下
歌星：羅文
作曲：顧嘉輝
作詞：黃霑

獅石峰嶺高聳雲

子孫居江苦難紛

山環小島維港美

下秧苦耕勤勞深

同氣連枝結緣份

舟在東方明珠心

共誇風雨開福運

濟勝驅寒見春溫

24-4-2020

【註】　藏頭詩詞靈感是來自電視劇《獅子山下》，這是寫實諷刺劇，生活在獅子山下，同舟共濟，彼此放開矛盾，互相關愛。家傳戶曉主題曲引發我寫〈獅子山下〉詩詞。見第一字直行「獅子山下同舟共濟」，因為疫情嚴重，暫停面授課，很掛念學生，於是上載〈獅子山下〉勉勵他們，囑咐疫情中努力學業，保重身體。最後上課天，收到 2B 班會特製的巨型感謝咭和素描畫，學生很有心思，寫滿感恩動人句語，也感謝吳旻朗的精美畫作。

重遇

電影：龍門飛甲
主角：李連杰 / 周迅

「寒江孤影
　江湖故人」

《龍門飛甲》李連杰獨白

舊情難再
愛恨重來
色彩絢爛繁華夢
空餘留恨劫千重

2018 暑

【註】 詩詞靈感是來自《龍門飛甲》劇情，李連杰重遇周迅，卻躲避藏身在高杆處，他偷偷看渡頭岸邊的周迅，黯然輕輕說上面詩句。我續作李連杰詩句，寫下〈重遇〉。

念

電視劇：擇天記
主角：鹿晗 / 古力娜札

「初見冰雪顏
　迢迢隔雲間」

《擇天記》鹿晗獨白

裝容心上記
盼會日有期
為伊消得人憔悴
長掛衣帶日漸緩

2018 暑

【註】 詩詞靈感是來自電視劇《擇天記》劇情，鹿晗在橋上初遇見古力娜札，心神被美貌攝著了，輕輕淡然說了上面詩句。我續作鹿晗的詩句，寫下〈念〉。

現代香港詩（之

人間清歡品詩香月照浮生弄清涼

一四二

絮果

電視劇：如懿傳
主角：霍建華 / 周迅

「蘭因絮果
　花開花落自有時」

《如懿傳》的結局周迅獨白

蘭因絮果情不在
花開花落自有時
千思萬念已無言
天涯海角恨常存

2018 年 4 月

【註】　詩詞靈感是來自《如懿傳》結局篇，霍建華飾演的乾隆皇，與周迅飾演如懿，識於微時鍾情相愛，可惜晚年忘掉愛的承諾，始於美好姻緣，但離散結果。如懿臨終前憂傷抑鬱，無奈說了上面詩句，我寫下〈絮果〉是續周迅的詩句。我喜歡和佩服周迅的演技，她因肺癆病危，臨終戲不是以眼淚演繹，然而她淚流在心鬱結而終，她臨終結局演譯甚佳。

星夜

「牆頭馬上遙相顧
　一見知君即斷腸」

《如懿傳》周迅見霍建華獨白

寂靜夜空遙仰望
一見繁星蒼海涼

2018 年 4 月

【註】　詩詞靈感是來自《如懿傳》結局篇，如懿臨終前憂傷抑鬱，有幾場回憶劇情，無奈說了上面詩句，我寫下〈星夜〉，是續周迅上面的詩句。

琴聲

「朱弦聲杳恨溶溶
　長嘆空隨幾陣風」

《如懿傳五部三章茶心》

琴音聲斷墜碧空
和唱無痕寒清風

2018 年 6 月

【註】　詩詞靈感是來自《如懿傳》結局篇，我瀏覽網站有關《如懿傳》資料，見了上面《如懿傳五部三章茶心》詩句，我便寫下〈琴聲〉，續寫上面的詩句。

音波殺

電影：功夫
導演／主角：周星馳

「一曲琴音肝斷腸」
電影《功夫》元秋獨白

一曲琴音肝斷腸
聲波接浪箭穿心
魂斷音波今滅絕
英雄永別涕淚襟
2019 夏

【註】 詩詞靈感是來自電影《功夫》，周星馳是導演和主角，劇情斧頭幫報仇派兩個武林殺手往小村暗殺兩個義民，包租婆元秋隱藏著不強出頭，驚訝殺手的古箏音波功勁高，便說了上面詩句，我寫下〈音波殺〉，是續元秋的詩句。

人生意態

電影：型男飛行日誌（Up in the air）
導演：Jason Retiman
主角：George Clooney

廿歲錢為上
中年權力搶
甲子健體重
八十活存中
2018

【註】 詩詞靈感是來自電影（Up in the air），中文名稱是《型男飛行日誌》。這是舊電影，很多人有不同人生觀，例如：二十歲時有錢真好、四十歲時做權貴官真好、六十歲時有健康真好、八十歲時平安活著就真是最好。人啊！反思正找尋什麼？

楚歌之一

電視劇：楚河漢界
插曲：楚歌
主角：石修／陳玉蓮
歌星：張學友
作詞：鄧國雄
作曲：顧嘉煇

楚歌哀曲入夢鄉
遍地山巒野花香
故鄉月亮滿繁星
情長深愛照鴛鴦
千里迢迢關滿霜
何日何時踏家鄉

22-11-2019

【註】　詩詞〈楚歌之一〉靈感是
來自舊電視劇《楚河漢界》，插曲
〈楚歌〉十分吸引好聽。石修飾演
西楚霸王項羽，他敗戰於垓下，飲
恨一曲〈楚歌〉，士卒懷念家鄉，
不想長年征戰，令士氣下挫，最終
項羽敗亡，結束楚漢相爭局面。

楚歌之二

楚歌遍地　故鄉情長
千里何日哀曲
山巒月亮深愛
迢迢何時

22-11-2019

【註】　此詩藏於〈楚歌之一〉詩
詞中，運用第一至四字直句方塊組
合。

楚歌之三

夢鄉花香繁星
鴛鴦滿霜家鄉

22-11-2019

【註】　此詩藏於〈楚歌之一〉詩
詞中，運用第六、七字直句方塊組
合。

楚歌之四

楚歌入夢鄉　遍地野花香
故鄉滿繁星　情長照鴛鴦
千里關滿霜　何日踏家鄉

22-11-2019

【註】　此詩藏於〈楚歌之一〉詩
詞中，刪除第三、四字直句組合。

楚歌之五

哀曲入夢鄉　山巒野花香
月亮滿繁星　深愛照鴛鴦
迢迢關滿霜　何時踏家鄉

22-11-2019

【註】　此詩藏於〈楚歌之一〉詩
詞中，刪除第一、二字直句組合。

現代香港詩之
人間清歡品詩香月照浮生弄清涼

電視劇：瑯琊榜
插曲：紅顏舊
主角：胡歌／劉濤
作詞：袁亮
作曲：趙佳霖

紅顏舊之一

烽臺城滿驚山巒
火照寒江刀槍亂
時亂空港浪急風
世間萬事人漂蓬
紅粉愁腸殘月蕩
顏髮蒼白淚兩行
依樣銀河星光川
舊灘老海浪濤酸

1-9-2019

【註】 藏頭詩詞靈感是來自電視劇《瑯琊榜》，插曲〈紅顏舊〉由劉濤主唱，見第一字直行「烽火時世，紅顏依舊」，此曲描述是朝廷內戰之堅定不死的愛，歷生死不衰不滅，依舊不變去愛。

紅顏舊之二

烽臺火照 時亂世間
紅粉顏髮依樣舊
灘城滿寒江
空港萬事愁腸
蒼白銀河老海

1-9-2019

【註】 此詩藏於〈紅顏舊之一〉詩詞中，運用第一至四字直行方塊組合。

紅顏舊之三

城滿驚山巒 寒江刀槍亂
空港浪急風 萬事人漂蓬
愁腸殘月蕩 蒼白淚兩行
銀河星光川 老海浪濤酸

1-9-2019

【註】 此詩藏於〈紅顏舊之一〉詩詞中，刪除第一、二字直句組合。

紅顏舊之四

烽臺驚山巒 火照刀槍亂
時亂浪急風 世間人漂蓬
紅粉殘月蕩 顏髮淚兩行
依樣星光川 舊灘浪濤酸

1-9-2019

【註】 此詩藏於〈紅顏舊之一〉詩詞中，刪除第三、四字直句組合。

沉默魚之一

電影：何以笙簫默
主角：黃曉明／楊冪
插曲：默
作詞：尹約
作曲：錢雷

固知造物天弄人
執愛傷懷將印心
沉痛不語心何忍
默靜無聲孤自吟
魚竭枯池無蟲蚓
不勝淒涼苦杯飲
還有酸風棘叢生
不知何日華月引
放懷對星得一仁
手執之子承己任
掙脫塵網世外隱
不離澄軒月佳辰
脫盡風淒樂容身
劫火焚身歸不能
緣雲峰高何處覓
解今仇霧君未識
不知何處瑤華席
開盡銀河金玉液
情深情痴孤魚戚
結緣再聚誰知悉

7-10-2019

現代香湯詩之
人間清歡品詩香月照浮生弄清涼

一四六

【註】　藏頭詩詞〈沉默魚之一〉靈感是來電影《何以笙簫默》，插曲〈默〉是由那英主唱，我很喜歡她。男主角討厭榴槤，女主角卻偏偏要請他吃「榴槤」糖，原因榴槤諧音「留戀」，寓意勿忘我。女主角曾離他遠走他鄉，其後回到男主角身邊，發現他儲存了很多很多榴槤糖包裝紙。原來男主角從來不忘初心，常常留戀懷念。見第一字直行「固執沉默魚，不還不放手，掙不脫劫緣，解不開情結」，便了解劇情。

沉默魚之二

固知執愛　沉痛默靜
魚竭不勝　還有不知放懷
手執掙脫不離
脫盡劫火緣
雲解今不知
開盡情深結緣

7-10-2019

【註】　此詩藏於〈沉默魚之一〉詩詞中，運用第一、二字直句方塊組合。

沉默魚之三

造物傷懷　不語無聲
枯池淒涼　酸風何日
對星之子　塵網澄軒
風淒焚身　峰高仇霧
何處銀河　情痴再聚

7-10-2019

【註】　此詩藏於〈沉默魚之一〉詩詞中，運用第三、四字直句方塊組合。

日與夜不共存

電視劇：那年花開月正圓
主角：孫儷／陳曉

惜問圓月與艷陽
何似君情與卿心
相恨今如晝夜替
相思始覺日夜坎

2019 夏

【註】　詩詞靈感是來自電視劇《那年花開月正圓》，劇情描述
家族仇恨，互相鬥爭的商業世界，情侶互相愛慕又不能在一起，
好似晝日與黑夜不能共存。

時間煮雨

電影：小時代
主唱：郁可唯
作詞：郭敬明／落落
作曲：劉大江

時光蒸發縷輕煙
間斷世途崎嶇延
煮雨光陰年不再
雨滴心頭百味哀

3-11-2018

【註】　藏頭詩詞靈感來自電影《小時代》，主題曲由郁可唯主
唱。劇情是描述幾個同學友情，畢業後分道揚鑣，各自努力，時
光似水流年，際遇不同，感慨萬千。

注定之一

電視劇：秦時麗人明月心
主角：迪麗熱巴 / 張彬彬
插曲：注定
主唱：常思思

祈月藍色願望心
落葉光影萬千新
已定緣盡逆不轉
紅塵如煙是非深
掩笑花落雨不去
抬頭夜黑已黃昏
一個注定一念心
緣來緣去一轉身

2018 仲夏

【註】　詩詞〈注定之一〉靈感是
來自電視劇《秦時麗人明月心》，
插曲〈注定〉由常思思主唱。迪麗
熱巴是古今皆宜，極之漂亮，令人
神魂顛倒。此劇情吸引，描述秦始
皇視江山為重，甘願捨割紅顏。歌
星常思思由藝術歌轉唱流行曲，十
分成功，表現十分出色。

注定之二

祈月落葉已定
紅塵掩笑抬頭一個緣來
藍色光影緣盡如煙
花落夜黑注定緣去

2018 仲夏

【註】　此詩藏於〈注定之一〉詩
詞中，用第一至四字直句方塊組
合。

注定之三

祈月願望心　落葉萬千新
已定逆不轉　紅塵是非深
掩笑雨不去　抬頭已黃昏
一個一念心　緣來一轉身

2018 仲夏

【註】　此詩藏於〈注定之一〉詩詞
中，刪除第三、四字直句組合。

注定之四

藍色願望心　光影萬千新
緣盡逆不轉　如煙是非深
花落雨不去　夜黑已黃昏
注定一念心　緣去一轉身

2018 仲夏

【註】　此詩藏於〈注定之一〉詩詞
中，刪除第一、二字直句組合。

現代香滿詩之

人間清歡品詩香月照浮生弄清涼

一笑荒唐

電視劇：烈火如歌
插曲：一笑荒唐
歌星：劉芮麟
作詞：吳建明
作曲：吳牧禪

塵飛揚年少狂

敵不過流水往

天涯路凡人心

情擇淺苦自嘗

星斗移年復年

萬物長不言語

人間變恆無常

春花去仲夏來

晚楓退深雪至

頓悟中笑荒唐

2018 夏

【註】　詩詞撮要靈感是來自電視劇
《烈火如歌》，插曲〈一笑荒唐〉，
歌詞很多排比句，描寫精緻深刻，
文筆用字很好。

緣起之一

電影：白蛇
主題曲：緣起
主唱：周深
作詞：祁辛／崔克簪
作曲：Jiano 冼嘉寧／祁辛

緣釵一掉遇情君
起伴逍遙人無憾
月照陰晴草無根
皓髮梢長依君身
驀地塵緣封無痕
然乎知否玉為昆
回顧愁看亂世軍
首問心弦爾動心
聚星銀河舊溪雲
散盡哀戚疾痛恨
魂夢待續起香塵
銷聚起落任平生

5-10-2019

【註】 藏頭詩詞〈緣起之一〉靈感是來自電影《白蛇》，主題曲〈緣起〉。我喜歡周深，他音質特別，唱腔女音演譯好，高音吟唱哼聲音更美妙絕倫。他專長主唱古典歌曲，悠揚古雅娓娓動聽，唱出直行第一句「緣起月皓，驀然回首，聚散魂銷」的韻味。

緣起之二

一掉逍遙 陰晴梢長
塵緣知否 愁看心弦
銀河哀戚 待續起落

5-10-2019

【註】 此詩藏於〈緣起之一〉詩詞中，運用第三、四字直句方塊組合。

緣起之三

緣釵遇情君 起伴人無憾
月照草無根 皓髮依君身
驀地封無痕 然乎玉為昆
回顧亂世軍 首問爾動心
聚星舊溪雲 散盡疾痛恨
魂夢起香塵 銷聚任平生

5-10-2019

【註】 此詩藏於〈緣起之一〉詩詞中，刪除第三、四字直句組合。

緣起之四

一掉遇情君 逍遙人無憾
陰晴草無根 梢長依君身
塵緣封無痕 知否玉為昆
愁看亂世軍 心弦爾動心
銀河舊溪雲 哀戚疾痛恨
待續起香塵 起落任平生

5-10-2019

【註】 此詩藏於〈緣起之一〉詩詞中，刪除第一、二字直句組合。

七

月出之一

現代香港詩之

人間清歡品詩香月照浮生弄清涼

一五二

電視劇：皓鑭傳　　　　片頭曲：月出
演唱：陸虎 / 黃雅莉
作詞：于正　　　　　　作曲：陸虎

月滿灘岸海灣邊
出會初見人淨玷
與君情深那些年
你我無緣白首天
相逢銀河遙不見
見爾詩篇繞心田
月掛海灣冷雲端
落日菊花葉難存
再難睹看盛花園
不知別後鷹笛完
相忘江湖人荒遠
見首鬢白夜盡短
月照孤燈牽默念
出關獨遊愁腸轉
無極悲秋醉玉船
限愛恩消情忘斷
眷取私願家福損
戀迷林花厭濤喧
月暗星沉難相勸
落淚孤雛疏親眷
轉雨向晴改凌亂
瞬頭相憶恩情惦
千劫萬難悔恨篇
年深歲月智慧現

19-9-19

【註】　藏頭詩〈月出之一〉詞靈感是來自電視劇
《皓鑭傳》，片頭曲〈月出〉，歌詞很特別有很
多「月」字，更填入《詩經‧陳風‧月出》古詩，
令我一見鍾情。這是一首二十四句藏頭詩，也是
其中一首最長的紀錄，見第一字直行「月出與你
相見，月落再不相見，月出無限眷戀，月落轉瞬
千年」，每句是有「月」，寫詩日期也特別，是
世紀難逢日子。此詩內藏不少於廿二首，千變萬
化。下面刊出六首，讀者可以試找出其他吧。

月出之二

灘岸初見　情深無緣
銀河詩篇　海灣菊花
睹看別後　江湖鬢白
孤燈獨遊　悲秋恩消
私願林花　星沉孤雛
向晴相憶　萬難歲月

19-9-19

【註】　此詩藏於〈月出之一〉詩詞中，運用第三、四字直句方塊組合。

月出之三

月滿出會　與君你我
相逢見爾
月掛　落日　再難
不知相忘見首
月照出關無極
限愛眷取
戀迷　月暗落淚
轉雨　瞬頭千劫年深

19-9-19

【註】　此詩藏於〈月出之一〉詩詞中，運用第一、二字直句方塊組合。

月出之四

月滿灘岸
出會初見
與君情深
你我無緣
相逢銀河
見爾詩篇
月掛海灣
落日菊花
再難睹看
不知別後
相忘江湖
見首鬢白
月照孤燈
出關獨遊
無極悲秋
限愛恩消
眷取私願
戀迷林花
月暗星沉
落淚孤雛
轉雨向晴
瞬頭相憶
千劫萬難
年深歲月

【註】　此藏頭詩藏於〈月出之一〉詩詞中，運用第一至四字橫句組合。

月出之五

灘岸海灣邊　初見人淨玷
情深那些年　無緣白首天
銀河遙不見　詩篇繞心田
海灣冷雲端　菊花葉難存
睹看盛花園　別後鷹笛完
江湖人荒遠　鬢白夜畫短
孤燈牽默念　獨遊愁腸轉
悲秋醉玉船　恩消情忘斷
私願家福損　林花厭濤喧
星沉難相勸　孤雛疏親眷
向晴改凌亂　相憶恩情惦
萬難悔恨篇　歲月智慧現
19-9-19

【註】 此詩藏於〈月出之一〉詩詞中，刪除第一、二字直句組合。

月出之六

月滿海灣邊　出會人淨玷
與君那些年　你我白首天
相逢遙不見　見爾繞心田
月掛冷雲端　落日葉難存
再難盛花園　不知鷹笛完
相忘人荒遠　見首夜畫短
月照牽默念　出關愁腸轉
無極醉玉船　限愛情忘斷
眷取家福損　戀迷厭濤喧
月暗難相勸　落淚疏親眷
轉雨改凌亂　瞬頭恩情惦
千劫悔恨篇　年深智慧現
19-9-19

【註】 此詩藏於〈月出之一〉詩詞中，刪除第三、四字直句組合。

兩相忘之一

電視劇：延禧攻略
片尾曲：相忘
歌星：蘇青
作詞：王曉倩
作曲：楊秉音

兩岸麗花港春風
相伴道盡影亂叢
忘情江湖相思淚
一襲寒風城陷坎
念亂親離愁幾許
愛酒筵豐家卻虛
一城烽火孤鳥垂
念家憂港事莫追
恨無仙丹彩虹隨
一曲驪歌夢殘碎
念盡韶華柳半衰
空餘一詩兩茫頹

14-10-2019

【註】　藏頭詩詞〈兩相忘之一〉靈感是來自電視劇《延禧攻略》，片尾曲〈相忘〉音樂旋律哀怨，歌詞填有淒清昆曲的獨白，突出了劇情內容，昆曲加強了音效，動人心弦，唱白如泣如訴憶怨痴纏。見第一字直行「兩相忘，一念愛，一念恨，一念空」，已前呼後應配合歌曲名稱和末句歌詞。

兩相忘之四

兩岸麗花相伴
道盡忘情江湖
一襲寒風　念亂親離
愛酒筳豐
一城烽火　念家憂港
恨無仙丹
一曲驪歌　念盡韶華
空餘一詩

14-10-2019

【註】　此詩藏於〈兩相忘之一〉
詩詞中，運用第一至四字直行組
合。

兩相忘之三

麗花港春風　道盡影亂叢
江湖相思淚　寒風城陷坎
親離愁幾許　筳豐家卻虛
烽火孤鳥垂　憂港事莫追
仙丹彩虹隨　驪歌夢殘碎
韶華柳半衰　一詩兩茫頹

14-10-2019

【註】　此詩藏於〈兩相忘之一〉詩
詞中，刪除第一、二字直句組合。

兩相忘之二

兩岸港春風
相伴影亂叢
忘情相思淚
一襲城陷坎
念亂愁幾許
愛酒家卻虛
一城孤鳥垂
念家事莫追
恨無彩虹隨
一曲夢殘碎
念盡柳半衰
空餘兩茫頹

14-10-2019

【註】　此藏頭詩藏於〈兩相忘之
一〉詩詞中，刪除第三、四字直句
組合。

現代香港詩之

人間清歡品詩香月照浮生弄清涼

一五六

情堅之一

電視劇：神鵰俠侶
主角：劉德華／陳玉蓮
歌曲：情義兩心堅
歌星：張德蘭
作詞：鄧偉雄
作曲：顧嘉煇

情真有緣不恨晚
情義心傾勝孤單
兩心天長堅不淡
無懼地久人聚散

22-11-2019

【註】　詩詞〈情堅之一〉靈感是
來自電視劇《神鵰俠侶》，由劉德
華和陳玉蓮主演，主題歌曲〈情義
兩心堅〉由歌星張德蘭主唱。我很
喜歡小說家金庸，他的文學作品永
垂不朽。

情堅之二

情真情義兩心無懼
有緣心傾天長地久

22-11-2019

【註】　此詩藏於〈情堅之一〉詩
詞中，運用第一至四字直句方塊
組合。

情堅之三

情真不恨晚　情義勝孤單
兩心堅不淡　無懼人聚散

22-11-2019

【註】　此詩藏於〈情堅之一〉詩
詞中，刪除第三、四字直句組合。

情堅之四

有緣不恨晚　心傾勝孤單
天長堅不淡　地久人聚散

22-11-2019

【註】　此詩藏於〈情堅之一〉詩
詞中，刪除第一、二字直句組合。

情堅之五

有緣心傾　天長地久
恨晚孤單　不淡聚散

22-11-2019

【註】　此詩藏於〈情堅之一〉詩詞，
運用第三、四、六、七字直句方塊
組合。

神雕俠侶之一

現代香港詩之⑦

人間清歡品詩香月照浮生弄清涼

一五八

電視劇：神雕俠侶
插曲：十六年
主唱：劉忻／陳曉
作詞：于正
作曲：譚旋

神仙獨隱鍾南山
雕鷹神州渡萬關
俠骨楊過居古墓
侶得姻緣隔如霧
痛憶悲絕斷腸崖
恨海人間心似骸
相思盡吟龍女愛
離鸞別鳳隔山海
別泣師徒兩難忘
十六年約惆悵望
六合八方天地別
年年思念終不滅

29-8-2019

【註】　藏頭詩詞〈神雕俠侶之一〉靈感是來自電視劇《神雕俠侶》，插曲〈十六年〉。藝術家和導演喜歡金庸作品，常常把金庸小說拍製成電視劇和電影。《神雕俠侶》是家傳戶曉的武俠小說，歷經很多版本，最新是陳妍希和陳曉的版本，引入不少特技打鬥。見第一字直行「神雕俠侶痛恨相離十六年」，楊過與小龍女分開，他一夜白髮，更苦等了十六年，極度淒慘，令人同情感動。

神雕俠侶之二

獨隱神州
楊過姻緣　悲絕人間
盡吟別鳳　師徒年約
八方思念

29-8-2019

【註】　此詩藏於〈神雕俠侶之一〉詩詞中，運用第三、四字直句組合。

神雕俠侶之三

獨隱鍾南山　神州渡萬關
楊過居古墓　姻緣隔如霧
悲絕斷腸崖　人間心似骸
盡吟龍女愛　別鳳隔山海
師徒兩難忘　年約惆悵望
八方天地別　思念終不滅

29-8-2019

【註】　此詩藏於〈神雕俠侶之一〉詩詞中，刪除第一、二字直句組合。

神雕俠侶之四

神仙鍾南山　雕鷹渡萬關
俠骨居古墓　侶得隔如霧
痛憶斷腸崖　恨海心似骸
相思龍女愛　離鸞隔山海
別泣兩難忘　十六惆悵望
六合天地別　年年終不滅

29-8-2019

【註】　此藏頭詩藏於〈神雕俠侶之一〉詩詞中，刪除第三、四字直句組合。

生死相許之一

電視劇：神雕俠侶
片尾曲：你我
作詞：于正
作曲：譚旋
主唱：陳妍希 / 陳曉

世塵淹蔽亭前路
間有曙光照古墓
情深邂逅小龍女
為愛憐惜心不粗
何年何日願同路
物在人在兩共好
你儂情長野花無
我今白髮伴相老
生同共枕不辭勞
死得同穴南山墓
相約飛嘗月甘露
許到天涯比翼高

3-10-2019

【註】 藏頭詩詞〈生死相許之一〉靈感是來自電視劇《神雕俠侶》片尾曲〈你我〉。這是最新電視劇版本，兩主角由劇牽引緣份，結成夫婿。見第一字直行「世間情為何物？你我生死相許」，是出自金庸作品，這詩句成為經典，萬世留芳。

現代香滿詩之

人間清歡品詩香月照浮生弄清涼

生死相許之二

淹蔽曙光　邂逅憐惜
何日人在　情長白髮
共枕同穴　飛嘗天涯

3-10-2019

【註】　此詩藏於〈生死相許之一〉詩詞中，運用第三、四字直句組合。

生死相許之三

淹蔽亭前路　曙光照古墓
邂逅小龍女　憐惜心不粗
何日願同路　人在兩共好
情長野花無　白髮伴相老
共枕不辭勞　同穴南山墓
飛嘗月甘露　天涯比翼高

3-10-2019

【註】　此詩藏於〈生死相許之一〉詩詞中，刪除第一、二字直句組合。

生死相許之四

世塵亭前路
間有照古墓
情深小龍女
為愛心不粗
何年願同路
物在兩共好
你儂共一心
我今伴相老
生同不辭勞
死得南山墓
相約月甘露
許到比翼高

3-10-2019

【註】　此藏頭詩藏於〈生死相許之一〉詩詞中，刪除第三、四字直句組合。

停不了的愛之一

電影：停不了的愛
主角：劉德華／溫碧霞
作詞：林振強
作曲：林慕德
演唱：彭健新／雷安娜

真惜痴漢世無雙
愛護紅顏恩義長
療悲解怨月映廂
倦客殘夢脫波漾
情深蜜語無虛相
焰隨夕陽彩霞揚
永夜銀光明月賞
在今在昔緣歌唱
相遇相愛影倚窗
愛君愛妾情意強
真誠真切朝陽向
摯朋情懇蓬萊享
甘泉潤澤共醉鄉
苦樂甜酸味齊嘗
共跨寒天無懼涼
之子海枯石爛章

22-11-2019

【註】　藏頭詩詞〈停不了的愛之一〉靈感是來自電影《停不了的
愛》。見第一字直行「真愛療倦，情焰永在，相愛真摯，甘苦共之」，
此歌曲音樂由男女對唱，互訴心聲，就是停不了的愛。

現代香港詩之

人間清歡品詩香月照浮生弄清涼

停不了的愛之二

痴漢紅顏 解怨殘夢
蜜語夕陽
銀光在昔相愛
愛妾真切情懇
潤澤甜酸 寒天海枯

22-11-2019

【註】 此詩藏於〈停不了的愛之一〉詩詞中，運用第三、四字直行方塊組合。

不了的愛之三

真惜世無雙 愛護恩義長
療悲月映廂 倦客脱波漾
情深無虛相 焰隨彩霞揚
永夜明月賞 在今緣歌唱
相遇影倚窗 愛君情意強
真誠朝陽向 摯朋蓬萊享
甘泉共醉鄉 苦樂味齊嘗
共跨無懼涼 之子石爛章

22-11-2019

【註】 此詩藏於〈停不了的愛之一〉詩詞中，刪除第三、四字直句組合。

停不了的愛之四

痴漢世無雙 紅顏恩義長
解怨月映廂 殘夢脱波漾
蜜語無虛相 夕陽彩霞揚
銀光明月賞 在昔緣歌唱
相愛影倚窗 愛妾情意強
真切朝陽向 情懇蓬萊享
潤澤共醉鄉 甜酸味齊嘗
寒天無懼涼 海枯石爛章

22-11-2019

【註】 此詩藏於〈停不了的愛之一〉詩詞中，刪除第一、二字直句組合。

停不了的愛之五

世無恩義 月映脱波
無虛彩霞 明月緣歌
影倚情意 朝陽蓬萊
共醉味齊 無懼石爛

22-11-2019

【註】 此詩藏於〈停不了的愛之一〉詩詞中，運用第五、六字直行方塊組合。

何為永恆之一

電視劇：倚天屠龍記
片尾曲：何為永恆
主唱：胡夏
作詞：尤雅琪
作曲：勝嶼

世間浮沉生死常
人間圓缺亂半生
情仇愛恨一笑嘆
心存寬仁留愛心
糾纏緣劫誰錯過
何為永恆莫問因
繁花落盡誰人問
只此一吻無怨恨
何懼俗世亂紛爭

28-4-2019

【註】 詩詞〈何為永恆之一〉靈感是來自電視劇《倚天屠龍記》
片尾曲〈何為永恆〉，由胡夏主唱。我很喜歡金庸作品，藝術家
和導演也喜歡，常常把金庸小說拍製成電視劇和電影，怎會少了
《倚天屠龍記》，最新是曾舜晞和陳鈺琪的版本，更有不少動聽
插曲。

現代香港詩之七

人間清歡品詩香月照浮生弄清涼

何為永恆之二

浮沉　圓缺愛恨
寬仁緣劫　永恆落盡
一吻俗世

28-4-2019

【註】　詩藏於〈何為永恆之一〉詩詞中，運用第三、四字直行方塊組合。

何為永恆之三

生死亂半
一笑留愛
誰錯　莫問誰人
無怨亂紛

28-4-2019

【註】　此詩藏於〈何為永恆之一〉詩詞中，運用第五、六字直行方塊組合。

何為永恆之四

浮沉生死常　圓缺亂半生
愛恨一笑嘆　寬仁留愛心
緣劫誰錯過　永恆莫問因
落盡誰人間　一吻無怨恨
俗世亂紛爭

28-4-2019

【註】　詩藏於〈何為永恆之一〉詩詞中，刪除第一、二字直句組合。

何為永恆之五

世間生死常　人間亂半生
情仇一笑嘆　心存留愛心
糾纏誰錯過　何為莫問因
繁花誰人間　只此無怨恨
何懼亂紛爭

28-4-2019

【註】　此詩藏於〈何為永恆之一〉詩詞中，刪除第三、四字直句組合。

兩兩相忘之一

電視劇：倚天屠龍記　　插曲：兩兩相忘
主唱：辛曉琪　　　　　作詞：厲曼婷
作曲：周世暉

昨日已過定該忘

人世變化輸何妨

富貴不再悲喜在

人世風光顏已蒼

愛恨消逝滄海浪

愉悅寬宏胸懷廣

13-5-2019

【註】　詩詞〈兩兩相忘之一〉靈感是來自《依天屠龍記》插曲〈兩兩相忘〉。此曲是描述小昭為張無忌犧牲捨愛，返回波斯。

兩兩相忘之二

昨日人世富貴

人世愛恨

愉悅已過

變化不再

風光消逝

寬宏

13-5-2019

【註】　此詩藏於〈兩兩相忘之一〉詩詞中，運用第一至四字直句方塊組合。

兩兩相忘之三

昨日定該忘

人世輸何妨

富貴悲喜在

人世顏已蒼

愛恨滄海浪

愉悅胸懷廣

13-5-2019

【註】　此詩藏於〈兩兩相忘之一〉詩詞中，刪除第三、四字直句組合。

大地恩情之一

電視劇：大地恩情
主唱：關正傑
作曲：黎小田
作詞：盧國沾

大江南北何處家
地老天荒緣心掛
恩深義厚情不假
情親忠孝遙望加
思鄉焚心看艷霞
念家歸航願策馬
淚濕胸懷血染花
盈豐浮生孤寂化
遠朋摯友道難駕
別鄉離巢竹倒架
故庭蕭瑟園無瓜
鄉思日增低哀嘆
變盡滄海景物嘉
幻入幽夢人亂麻
滄桑無邊命緣差
霜鬢衰臾惜年華

1-12-2019

【註】　藏頭詩詞〈大地恩情之一〉靈感是來自電視劇《大地恩情》。音樂高低音域不大，難度不高，音韻和歌曲容易上口。見第一字直行「大地恩情，思念淚盈，遠別故鄉，變幻滄霜」表達念鄉情懷。七友曾演譯此歌，美妙歌聲技驚四座，可惜大地仍在，嘆情已不在。

大地恩情之二

大江何處家
地老緣心掛
恩深情不假
情親遙望加
思鄉看艷霞
念家願策馬
淚濕血染花
盈豐孤寂化
遠朋道難駕
別鄉竹倒架
故庭園無瓜
鄉思低哀嘆
變盡景物嘉
幻入人亂麻
滄桑命緣差
霜鬢惜年華

1-12-2019

【註】 此詩藏於〈大地恩情之一〉詩詞中，刪除第三、四字直句組合。

大地恩情之三

南北天荒　義厚忠孝
焚心　歸航胸懷
浮生　摯友離巢
蕭瑟日增
滄海幽夢　無邊衰臾

1-12-2019

【註】 此詩藏於〈大地恩情之一〉詩詞中，運用第三、四字直句方塊組合

大地恩情之四

南北何處家　天荒緣心掛
義厚情不假　忠孝遙望加
焚心看艷霞　歸航願策馬
胸懷血染花　浮生孤寂化
摯友道難駕　離巢竹倒架
蕭瑟園無瓜　日增低哀嘆
滄海景物嘉　幽夢人亂麻
無邊命緣差　衰臾惜年華

1-12-2019

【註】 此詩藏於〈大地恩情之一〉詩詞中，刪除第一、二字直句組合。

現代香港詩之⑦

人間清歡品詩香月照浮生弄清涼

一六八

大魚海棠之一

電影：大魚海棠
主題曲：大魚
歌星：周深
作詞：尹約
作曲：錢雷

大翼鯤魚傲飛翔
魚歌天涯在泣唱
海浪無聲淹沒夜
棠花月下煙波茫

20-6-2018

【註】　藏頭詩詞〈大魚海棠之一〉靈感是來自動畫電影《大魚海棠》，主題曲〈大魚〉調子優美，動畫劇情也感人。我喜歡周深與郭沁合唱的版本，極度完美。

大魚海棠之二

大翼傲飛翔
魚歌在泣唱
海浪淹沒夜
棠花煙波茫

20-6-2018

【註】　此詩藏於〈大魚海棠之一〉詩詞中，刪除第三、四字直句組合。

大魚海棠之三

鯤魚傲飛翔
天涯在泣唱
無聲淹沒夜
月下煙波茫

20-6-2018

【註】　此詩藏於〈大魚海棠之一〉詩詞中，刪除第一、二字直句組合。

大魚海棠之四

大翼魚歌
海浪棠花
鯤魚天涯無聲
月下傲飛在泣
淹沒煙波

20-6-2018

【註】　此詩藏於〈大魚海棠之一〉詩詞中，運用第一至六字直句方塊組合。

乘風破浪之一

電視劇：乘風破浪
主唱：石詠莉
作詞：盧國沾
作曲：顧嘉煇

乘雲雄姿飛越山
風飄雨打滿路難
破難迎上志不缺
浪急洶湧勢不殘
鵬翼翱翔愁雲散
程途相扶毅不還
萬方同軌揮慧劍
里巷齊聚步蹣跚
有情定見人間愛
你我合力刻苦間
同心毅力達勝關
行盡千里享樂閑

6-12-2019

【註】 藏頭詩詞〈乘風破浪之一〉靈感是來自電視劇《乘風破浪》。見第一字直行「乘風破浪，鵬程萬里，有你同行」表達勵志劇情。此電視劇在一九七五年熱播，中學時十分喜歡，常常抱著結他彈唱此曲。

乘風破浪之二

雄姿雨打　迎上洶湧
翱翔相扶　同軌齊聚
定見合力　毅力千里

6-12-2019

【註】 此詩藏於〈乘風破浪之一〉詩詞中，運用第三、四字直句組合。

乘風破浪之三

雄姿飛越山　雨打滿路難
迎上志不缺　洶湧勢不殘
翱翔愁雲散　相扶毅不還
同軌揮慧劍　齊聚步蹣跚
定見人間愛　合力刻苦間
毅力達勝關　千里享樂閑

6-12-2019

【註】 此詩藏於〈乘風破浪之一〉詩詞中，刪除第一、二字直句組合。

乘風破浪之四

乘雲飛越山　風飄滿路難
破難志不缺　浪急勢不殘
鵬翼愁雲散　程途毅不還
萬方揮慧劍　里巷步蹣跚
有情人間愛　你我刻苦間
同心達勝關　行盡享樂閑

6-12-2019

【註】 此藏頭詩藏於〈乘風破浪之一〉詩詞中，刪除第三、四直句組合。

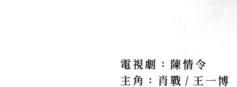

電視劇：陳情令
主角：肖戰 / 王一博
主題曲：曲盡陳情
歌星：肖戰
作詞：易者連消醉清酒
作曲：Within_ 軼名

丹心何須言在口
橫笛聞吹落星斗
使我徒有身後名
不如及時一杯酒

【註】 上面詩詞摘自〈曲盡陳情〉歌詞。此詩詞由肖戰與網絡知名古風
歌手阿傑共同演唱，阿傑的戲腔和肖戰聲音融合，絲絲扣人心弦，曲調
悲哀。

曲盡陳情

曲音敲櫟倚窗間
盡訴長風伴音閑
陳跡千里何須問
情如純酒松濤潤

24-12-2020

【註】 藏頭詩靈感來自電視劇《陳情令》，插曲〈曲盡陳情〉由歌星肖
戰主唱。見第一字直行「曲盡陳情」是歌曲名稱，見每一句尾字是近形
〈間、閑、問、潤〉字。自《陳情令》我喜歡了多才多藝的王一博。

現代香港詩 之
人間清歡品詩香月照浮生弄清涼

一七〇

電視劇：有翡
主角：王一博 / 趙麗穎

「天下第一？
　沾名在世？
　一切隨風之
　憶錦時，瀟灑出風塵
　惜如今，一堆黃土盡掩之。」

【註】　以上獨白出自電視劇《有翡》，王一博演繹謝允，他感慨「斷水纏絲刀法」紀雲沉之死。

斷水纏絲刀

紀少輕狂競逐名
雲林揮水纏絲刀
沉浮輕柔武剛勁
刀亡飲恨黃土陵

29-12-2020

【註】　藏頭詩詞靈感來自電視劇《有翡》，上面詩詞是摘自〈有翡〉劇情，謝允感慨「斷水纏絲刀法」紀雲沉之死，十分氣虛無奈。

「橋畔舊石霜累累
　離人遠行胡不歸」

【註】　以上獨白出自電視劇《有翡》，王一博演繹謝允，他憶述年輕受傷中毒，做小逃兵。

逃兵

逃劫人間烽煙火
兵盡人殘餘空房

29-12-2020

【註】　藏頭詩詞靈感來自電視劇《有翡》，上面詩詞是摘自《有翡》劇情，謝允憶述年輕受傷中毒，做小逃兵。

八

旅遊

寫詩詞

自助山偶遇

偷得浮生半日閒
合和六二自助山
維多利亞海港美
青山綠水多明媚

2018 年 1 月

旅遊寫詩詞

【註】 某天到合和中心六十二樓自助山享受自助餐，偶遇圓覺、
知行和馭心。我們很有緣份，於是合照並題詩詞留念。

攝於灣仔合和中心 62 樓

東京之旅

新宿池袋去　六本木醉來
藝術毛利塔　銀座原宿達
涉谷築地繼　上野淺草齊
台場座飛船　晴空塔世高
夕陽圓月賞　入間市購享
迪士尼玩樂　東京鐵塔迷
日夜景相暉　蟹道樂勝計
黑毛牛至愛　壽司吃冠蓋
美登利難忘　日法宴優創
意日菜美味　甜品誘投降
拉麵大解放　小食正餘芳
惟憾壽司大　寶格麗缺虧
百貨細店追　母子兩週隨
自由行程樂　今晚故鄉回
他日盼重臨　重拾歡愉行

2015 暑夏

【註】　二零一五年暑假日本自由行，去了很多地方，吃了很多
東西，我全部都寫在詩中，以作留念。

現代香港詩之

人間清歡品詩香月照浮生弄清涼

一七四

晴空塔圓月夜

東京晴空塔　六四三米達
萬里無雲天　美景在眼前
夕陽餘暉照　暑夏月滿圓
三十五載轉　人事非當年
今席法日宴　愛兒在心田
但願執子手　長久享樂天

30-7-2015

【註】　多年前曾到訪日本，現代建築物煥然不同，現在最高建築物是晴空塔，有 643 米高。我出發日本前，在網站預訂晴空塔晚餐，在暑假月圓晚上，享受一頓法國和日本混合變化菜式，晚餐矜貴美味。

攝於東京，2015 暑夏

攝於東京鐵塔暑夏，2015 圓月夜

現代香港詩之

人間清歡品詩 香月照浮生弄清涼

一七六

東京鐵塔圓月夜

廿三年華笑迎杏
首次東洋見識行
八五築波世博覽
曾上東京鐵塔台
一五歲夏又復來
三十載後重遊地
鐵塔雄骨仍長在
人事更新喜共哀

30-7-2015

【註】　我二十三歲初次到日本旅遊，當時見識「築波世界博覽會」，也參觀東京鐵塔。二零一五年再度遊玩東京鐵塔，三十年後，今天感嘆光陰似箭，很多建築物已消失，但東京鐵塔仍然聳立。

東京塔夜景

東京鐵塔凌雲聳
夜中塔花閃銀紅
鋼骨擎天沖天去
身在低部如幼蟲
兩旁樹立叢茂密
蟬鳴笛聲響轟隆
暑夏八三母子共
玩遊名勝樂無窮

3-8-2015

旅遊寫詩詞

銀座築地

東瀛銀座名店強
強國土豪名牌搶
爭霸取奪粗聲揚
吾非豪客把路讓
早失築地壽司大
午復憾於寶格麗
到此暢遊名店街
有戰無績到別階

2015 年 7 月

入間市

入間市場出口店
瘋癲狂熱購慾念
血拚姿勢高頻現
金錢洗淨無掛牽
博殺時至店舖完
蹣跚疲倦盡表現
戰利勝品確實堅

2015 年 7 月

東京

興亡繁華夢
詩眼覓天涯

2015 年 7 月

毛利塔

此樓見明月 東京塔在前
閃爍紅燈匯 彩虹橋遠小
繁華都市夢 復憶綠平原
何時再來此 再得玩樂園

29-7-2015

涉谷道玄坂

涉谷潮人潮聖地
八方勁歌空中來
六七斑馬路聚匯
四五巨屏環視幕
兩傍路邊人頭湧
俊男型扮奇裝異
美女艷妝綺麗衣
未及此代激流情
吾等無奈青春限
心態夕陽西下間

2015 年 7 月

六本木

東瀛六本木閒遊
頂廈藝術眼盡收
流連忘返心賞色
花金用銀試美食

2015 年 7 月

現代香港詩之

人間清歡品詩香月照浮生弄清涼

一七八

首爾漢江圓月夜

汝矣島園單車遊
首爾漢江夜泛舟
繾綣星星來的船
霓虹橋灑幻彩露
萬里無雲晴空高
夕陽餘暉美景前
暑夏月圓掛船邊
執子同歡樂聚天

18-7-2016

【註】 二零一六年暑假遊韓國，在圓月晚上，乘遊船夜遊漢江，兩岸夜景十分美麗。韓劇《來自星星的你》也曾在這艘遊船取景，船上紫色燈柔，更顯浪漫。

攝於韓國漢江浪漫紫燈遊船，2016暑夏圓月夜

首爾塔圓月夜

南山首爾塔
翡冷翠玉白
圓月伴雄塔
星轉月兒達
遊人皆情侶
情義兩相許
愛情鎖掛滿
印記屬真歡
千年誓言記
愛緣自天機

19-7-2016

旅遊寫詩詞

攝於韓國首爾，2016圓月夜

東京大阪

現代香港詩 之

人間清歡品詩香月照浮生弄清涼

一八〇

花旗八八獨身行
日本單一又在今
京都古樸廟宇陳
人情溫暖景緻真
神戶牛柳美極甚
大阪繁華急促市
御筋堂道星河似
心齋橋舖購不絕
道頓崛店吃各處
環球影城樂不疲
黑門海鮮無可比
兒子一六自由行
獨闖美國東西鎮
聖誕南北異地分
近在咫尺密語緊
昔日旅遊書坐陣
今有網絡谷歌雲
衛星導航暢快感

火車地鐵巴士臨
千步萬里踏雪尋
五十有五已將近
身軀不及廿五人
心靈浩如煙海塵
闊野胸襟視界敏
有幸餘生盡本份
補缺黃金少年沉
異國同歡笑語飲
共勉祝願健康身
家庭事業毋辛勤
一六快末迎新歲
一七將有幸福近
電子友人努力追
快樂人生如夢醉
滄海哈哈一聲笑
執著放下過一生
去塵除俗正向心

2016聖誕

【註】 二零一六年聖誕節我單獨到訪日本，寫下此詩。記得年輕時，提著背包和旅遊書，獨個兒闖蕩日本、美國西岸、歐洲多國和中國各省，擴寬視野。恰巧今年兒子往美國進修和旅遊，我們身處地球兩端。聖誕節來臨，我們在社交媒體通訊，大家靠著科技導航四處吃喝玩樂。真讚嘆科技的神奇，縱使我們分隔千里，智能手機亦能夠拉近我們距離。

上海月圓夜

上好月色夜相宜
海景外灘賞莫遲
四處遊蹤看花姿
一首情詞月下詩
愚昧無知花已逝
人景轉瞬難相繫
發枝翠綠櫻花敗
燒殘粉紅月卻佳

1-4-2019

【註】　外遊上海患病寫下藏頭詩。
愚人節圓月晚上，夜遊上海外灘，
到處是櫻花禿枝，地上佈滿花瓣。
翌日身體發燒，到人民醫院看醫生，
第二次外遊病倒，難忘經歷。

玉美攝於上海外灘，2019 圓月夜

攝於上海明珠塔，2019 年 4 月

現代香港詩之一

人間清歡品詩香月照浮生弄清涼

一八二

玲菊金蘭

玲瓏麗樹繞山巒
菊花照耀映秋風
金光紅葉伴孤路
蘭香四溢顯親情

5-11-2019

【註】　藏頭詩靈感來自錦玲和錦菊旅遊照片，一對金蘭姊妹在日本青森玩樂，欣賞紅葉。

錦玲和錦菊攝於日本青森

九

沙田崇真

中學點滴

｜ 同事名字詩詞

葉秀華校長

葉綠雅淡清
秀外慧德盈
華月溫暖心
校才能幹明
長懷闊胸襟
恩施福善誠
義謙遜愛主
重愛荷花情

14-12-2019

【註】　沙田崇真中學第三任校長是葉秀華太平紳士，她聰慧能幹，胸襟廣闊，極有領導才能，更常常關心體恤教職員的需要。她的格言是「人生開心，不是計算自己擁有多少，而是不去計較別人的多少」。與她共事的人都知道，她風趣幽默、交遊廣闊，是位令人敬佩的人物。她莊重大方，為人豪爽，樂於助人，所以多年來深受學生、校友、老師、工友職員和同業愛戴。在榮休晚宴上，老師合製了一張「校長成績表」送予她，上面寫著「品學兼優」幾字，校長自然是實至名歸。雖然她已退休多年，但教職員們仍惦念。她喜歡寫作、攝影和旅遊，也常在報章執筆撰寫專欄和評論，著作有《追光逐影校長趴趴走世界遊》、《水華集》、《葉秀華攝影集》等。

現代香港詩之九
人間清歡品詩　香月照浮生弄清涼

一八四

潔妍留念之一

梁女英雄豪傑威武服人
潔淨勤勞純樸穩重堅忍
妍麗沙崇開創快樂育園
留菁去蕪正向教育任重
念主感恩蒙福努力道遠

2018 年 5 月

【註】　二零一八年五月，教師會議公佈明來年校長便是梁潔妍。我聞悉題詩詞留念。梁校長為人沉實穩重，公正無私，是位有承擔的領袖。在動盪的政治環境和疫情下，她解決排山倒海的困難，歇力提供安全環境予同學繼續學習。她教學專業，為人雖然外冷，但其實內熱，很關心學生，備受愛戴。她亦是一位虔誠基督徒，在德智體群美五育以外，努力推動靈育，她忠主忠職愛人。看到她在暴雨飄搖的時代下就任，歷經千辛萬苦，真的十分敬佩。她一直與主同行，她用自己的經歷做寶貴見証。

潔妍留念之二

梁女潔淨妍麗留菁念主
英雄勤勞沙崇去蕪感恩
豪傑純樸開創正向蒙福
威武穩重快樂教育努力
服人堅忍育園任重道遠

2018 年 5 月

【註】　此詩藏於〈潔妍留念之一〉，每兩直行方塊組合即可得出。

現代香港詩之⑨

人間清歡品詩香月照浮生弄清涼

一八六

建輝之一

戴勝喜樂苦耕勤
建立豐盛是有因
輝煌人生愛主深
正義雄獅德仁心

2016 年 10 月

【註】 戴建輝副校長曾擔任訓導主任。某天訓導組員們為他慶生，我則寫詩句向他祝賀。建輝為人謙和，常常關心同事，是個忠主愛人的虔誠基督徒。記得有一次我犯錯，他不但沒有訓斥，還反過來安慰我，令我十分感動，在此說聲「感謝包容」！

建輝之二

戴勝
建立輝煌正義
喜樂豐盛人生
雄獅
苦耕是有愛主
德仁

2016 年 10 月

【註】 此詩詞藏於〈建輝之一〉，運用一至五字直句方塊組合。

勁勉之一

潘岳女版人中鳳
勁兒專業達顛峰
勉勵後輩勤教誨
正氣英雌毅高聳

2017 年 3 月

【註】 潘勁勉老師是任教經濟科，現任副校長，為人精明能幹，
聰敏明慧有如西晉文學家潘岳，她教學精闢明快，人如其名很
「勁」，深受學生愛戴。曾經有一次我們討論教學時唇槍舌劍起
來，過程中她泰然自若，保持客觀。起初我堅持己見，後來接納
了她的觀點。她除了是出色教師外，更是一名慈母，愛護女兒及
家庭。

勁勉之二

潘岳女版
勁兒專業
勉勵後輩
正氣英雌

2017 年 3 月

【註】 此詩詞藏於〈勁勉之一〉，
刪除第五至七字。

現代香港詩之

人間清歡品詩香月照浮生弄清涼

潔萍

蔡女金玉吐幽香
潔志清高俠氣強
萍蓬義助豪傑客
好師素心品華陽

2021 年 2 月

【註】　蔡潔萍老師為人沉穩，既爽朗又有風骨，她是一位中文科老師，她是我的百寶袋，也是我的字典，當我遇到困難，她便幫我迎刃而解。某夜我病倒，她和夫婿飛馳送我去急症室，更陪伴在側，真是感激不盡這對俠侶，這令我感動難忘。

鳳珠

別離蕭長鳴
朱顏憶記永
鳳姿綽約婷
珠珍貴友情

2015 年 7 月

【註】　朱鳳珠老師，我們常常親切地喚她作「朱珠」。她已榮休，我以其名字寫詩詞作送別留念。她是一位英文科老師，十分勤勞、用心教學，而且從不爭名奪利，低調而有愛心。她是位虔誠的基督徒，常在校內和家長群中宣揚福音。她樂於助人，常常無私地幫助同事，令人敬佩。

圓覺

陳情品高心性良
圓圓姿色世無雙
覺世音譜藝術揚

2018 年 1 月

【註】 某天有緣偶遇陳圓覺老師於合和中心自助餐廳，隨即題詩留念。圓覺是生活藝術科主任，也是一位音樂老師。她溫柔謙卑，不拘小節，總能包容體諒別人。她的歌聲美妙，而且很有音樂才能，她勞心勞力統籌帶領樂團、中樂團、管樂團、管弦樂團、初中歌詠團和高中歌詠團。培養學生藝術造詣，我十分敬佩。

潔菁

袁女師專業
潔白素堪愛
菁莪勤樂育
壽與享天齊

2019 年 3 月

【註】 袁潔菁老師是 3C 班班主任。3C 班學生活潑可愛，十分機靈，他們想為袁潔菁老師慶生，邀請我題詩詞共賀，於是我即興題詩。潔菁為人沉默低調，溫文有禮。記得有一次，我對她粗魯失言，此後一直心中記掛，在此要說聲對不起！

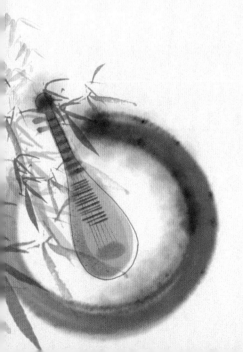

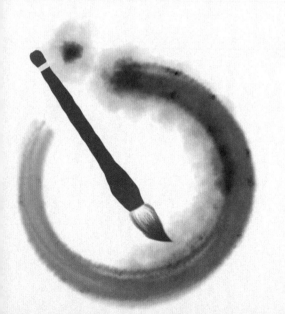

現代香港詩之

人間清歡品詩香月照浮生弄清涼

一九〇

王景聲之一

黃河巨龍佳漢子
景仰人前才八斗
聲震四方耀萬千

2016 年 2 月

王景聲之二

黃昏落日彩霞聚
景色迷人心已醉
聲韻柔揚雅共追

2016 年 2 月

【註】　校方新政策，採取雙班主任制，首次合作伙伴是王景聲老師，他才華橫溢、敦厚溫柔，故此為他作詩。我完成了第一首詩後，他告訴我他的名字是取自「黃昏日落美景」，我聞悉了，又再題詩詞一首，「黃」諧音「王」，他的名字是王景聲。

15-16 年度 2D 班

仲華與玉美

何妨異己一同去
仲量優勢不會虛
華麗豐盛由此起
曾常努力有何懼
玉立堅強力奮戰
美不勝收笑傲隨
勉勵向上群樂聚
勵精圖治擊敗衰

2016 開學日

【註】　第二位合作伙伴是何仲華老師，九月開學日，我題詩勉勵 2F 班學生。仲華任教數學科，他是數理天才「超勁」精英，經他教導的數理學生，不少也銳變成「尖子」，常常在全港比賽中獲獎。他雖然能力出眾，但為人和藹可親，平易近人。「異己」是「二己(2F)」的諧音。我們師生相處融洽，有團隊精神和歸屬感，二己班師生是沒有異己的。

茋與美之一

陸地無疆仁愛濃
蔚藍如天德仁重
茋子除惡身心用
曾與喜怒哀樂共
玉露此地齊心享
美麗金光皆勝賞

2017 開學日

【註】　第三位合作伙伴是陸蔚茋老師，她溫柔可愛，我和她的對比有如獅子與小白兔。她有著「永恆美少女」的外貌，為人謙遜、愛主愛人，對學生的關愛無微不至，深受學生歡迎。茋，陸機《毛詩艸木鳥獸蟲魚疏》中提到茋「似菁蕪」。菁蕪是有藥用價值的草本植物，所以詩歌中引申出「對身心有益」的意思。

現代香港詩之九

人間清歡品詩香月照浮生弄清涼

茋與美之二

無疆仁愛如天德仁
除惡身心
喜怒哀樂此地齊心
金光皆勝

2017 開學日

【註】　此詩藏於〈茋與美之一〉的詩中，運用第三至第六字的橫句組合。

17-18 年度 2C 班，2017 聖誕節

世
聰

陳郎勤勞謙遜型
世外勁人語文精
聰俊睿智沉默靜
正直硬朗君子影

17-7-2020

【註】　第四位合作伙伴是陳世聰老師，他是一位英文科老師。
他為人聰明，沉默低調而謙虛有禮，而且十分勤力，批改功課很
用心。我和他教學風格相似，對學生要求嚴謹。2B班活潑機靈，
我和世聰合作非常愉快，管教及鼓勵學生的過程中豐富多變、充
滿喜悅。結果學期終時，全班達標升級，真是完美結局。

18-19年度 2B 班，2018 聖誕節

19-20 年度 2D 班，農場耕種樂

20-21 年度，2B 班

現代香滿詩之

人間清歡品詩香月照浮生弄清涼

一九四

張往

張君多元智能人
往古今來懂百音
老誠持重品德仁
師專正向毅堅忍

17-7-2020

【註】　第五位合作伙伴是張往老師，他任教歷史和通識科，思考清晰敏銳，分析力強。他文質彬彬，溫文有禮。今次有幸與新入職老師合作，是個很好的經驗。兩年合作都是「男多女少」的班別，真辛苦了張往老師。

21-22 年度 1A 班，生命教育營

玉美與國良

曾為藝術人
玉尺執嚴謹
美事緣中尋
馮生潤大地
國香蘊眾心
良士慈愛君
一遇喜相逢
甲兵樂池中

21-8-2021

【註】　此藏頭詩靈感來自中一甲迎新日，雙班主任制度下，第
七位拍檔是馮國良老師，詩詞第一至六句描述我和國良的風格。
「馮」是古詩常用字，與「蓬」相通。「馮生」是指「萬物蓬生」，
詩詞字面也兼有「馮先生」的意思。第四句指馮老師關懷學生，
他們因而得潤澤。「甲兵」是指 1A 學生和「優秀生」。

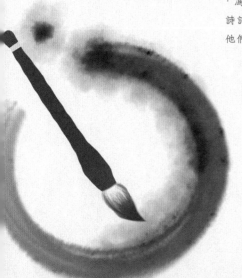

現代香港詩之

人間清歡品詩香月照浮生弄清涼

韻薇

曾女出塵俗
韻勝古西施
薇生善柔慈
壽比南山齊

2019 年 10 月

【註】 2E 班學生是一群精英，純真又可愛，好像小綿羊。他們認真學習，敬師愛人。某天，我見課室黑板寫上了幾隻大字，原來大家想為英文科曾韻薇老師慶生，我便即興題詩慶賀。韻薇漂亮溫柔，教學態度誠懇，深受學生愛戴。

韻賢

歐陸亞太學滿貫
韻律書香愛樂玩
賢良淑德優秀媛

2017 年 10 月

【註】 歐韻賢老師任教 2C 班普通話科。某天我跟 2C 學生對詩詞娛樂，同學分享普通話問題，大家以文字對賽，一番玩樂後，我便以「歐韻賢」三字寫詩詞留念。

梁淑儀

樑柱絲蘿護幼心
淑德賢慧兼順人
儀形典範溫婉約
正扶四乙戊戌軍

戊戌年十一月

【註】 我負責 4B 班的午間閱讀，每天也提早五分鐘到課室，
常常向學生分享詩詞，跟他們對詩互動，大家也十分享受。淑儀
是中文科老師，也是 4B 班主任，她漂亮溫婉賢淑，很關心學生。
二零一八年是戊戌年，所以 4B 便是「戊戌軍」，「樑」是「梁」
的諧音。古詩「梁」與「樑」通用。

李淑儀

李子花笑開
淑氣迫人來
儀鳳施教海
六丁彩雲台

4-10-2019

【註】 我負責 5D 班的午間閱讀，期間我每天也提早五分鐘到
課室，向學生分享詩詞，跟他們對詩互動。有一次，我誤作李淑
儀老師是 5D 班主任，後來才發現我錯了。雖然自己誤會了，我
也順勢寫下一首名字詩留念。淑儀關心學生、備受尊重，而且擁
有「美麗的童顏」，「青春永駐」令人羨慕。

寶怡之一

周女翠娥娟
寶光艷勝天
怡然柔淡雅
好花美德嘉

13-12-2019

寶怡之二

周女翠娥娟
寶光仁愛謙
怡愉寶貝寵
佳人伴愛犬

8-7-2021

【註】 平常日午飯時間都是忙碌備課，時間花在教學，日出至日落都在「城內」。所以每逢考試期，我便邀約同事外出午膳。某天與四位同事外出午飯，其中一位是周寶怡老師，她是任教英文科，也是位愛心輔導老師。她漂亮優雅，美麗與智慧並重。我和幾位同事相約於四季酒店午餐，偶遇兩位無綫電視火紅藝人，擦肩而過時，才發覺兩位藝人長相不及周寶怡老師和曾韻薇老師。我因而借用唐代李白之《憶舊遊寄話譙郡元參軍》之句「翠娥嬋娟初月暉」形容。寶怡的寶貝愛犬名字叫 Belle，牠是被遺棄和患病的流浪狗。寶怡很有愛心收養牠，改變寶貝 Belle 的命運。

一人在途之一

一曲靜簫繞長廊
人孤宜思地上光
在處獨看相思淚
途窮單影思蒼茫

15-12-2020

一人在途之二

一曲靜簫伴長廊
人孤宜思暗縫光
在處獨看孤寂淚
途窮單影樹蒼茫

15-12-2020

拍攝靜怡於沙崇外長廊，2020 年 12 月

一人在途之三

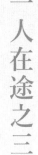

一曲靜簫繞長廊
人孤怡看地縫光
在處獨懷相思淚
途窮單影思蒼茫

15-12-2020

一人在途之四

一　靜　繞
人　怡　地
在　獨　相
途　單　思

15-12-2020

【註】　此詩藏於〈一人在途之三〉，有詩詞及名字，試第一、三、五直行讀看。

十二月某天放學，看到原本人滿擠擁的長廊，在疫情下變得靜寂。在我身邊有一位可愛麗人走過，她向我溫柔道別後，便緩緩步向前，她是郭靜怡老師。她身穿端莊黑裙，身影由大變小，我見白長廊與黑麗人成對比，左邊天花透光照地，右邊禿樹依牆凋零，上有重重橫樑，下有格格方磚，真是漂亮的構圖，於是我執機拍照留念。靜怡任教中文科，青春可愛、沉靜寡言，性情敦厚。她一個人在途上，隻影形單，令人同情。她的身影在疫情中的長廊映襯下，令我靈感突發，故題詩留念。這裏有三首相似詩，因為第一、二首詩誤用「宜」字，其實她是「怡」才對。

2 我與學生對作詩詞

謎語一

平分春色本無別

唯憾右邊一點情

（猜一老師中文名字）

2017

【註】　我與學生玩樂猜謎語，謎底曾玉美。因為三個字左右一樣，唯中間「玉」字不是，右邊多一點。

謎語二

平分相式兩無別

左右均同共雙生

喜見中名兩不稱

一點永恆右下情

（猜一老師中文名字）

2018

【註】　我與學生玩樂猜謎語遊戲，謎底曾玉美。因為三個字左右一樣，唯中間「玉」字不是，右下邊多一點。

謎語三

無心憎矣

和氏璧美哉

（猜一老師中文名）

2019

【註】　我與學生玩猜謎語遊戲，謎底曾玉美。「憎」無心意思是刪除部首變成「曾」字，和氏璧是古時楚國一塊著名玉石，很美，故稱「玉」「美」。

沙崇五周年

崇真五載信望愛
春風化雨育英才

1991

【註】 學校五周年紀念有大型開放日，家長及公眾人士到校參
觀，我用上面詩詞製造一塊大型刺繡畫，用作展覽。

沙崇卅周年之一

三十周年突已來
歲月青蔥逝不再
此生此地深情在
墓穴天堂路漸開

12-10-2016

【註】 我找尋舊雜物，見〈沙崇五周年〉舊詩，驚訝彷彿已過
25 年了。光陰似箭，身體癌病康復中，不及年輕強壯，感慨寫
下〈沙崇卅周年之一〉。

沙崇卅周年之二

沙田園地教室建
崇真基督愛實踐
三字信望愛訓勉
十全十美德仁顯
感謝神光照學軒
恩典滿溢福氣現
校友同歡話當年
慶典共飲在今天

2016

【註】 沙崇卅周年校友聚餐於禮堂，我寫下藏頭詩〈沙崇卅周
年之二〉留念，詩詞內有校址、校名、卅周年、校訓、崇真基督
教等資料。

敬愛老師

敬師以心
愛人以誠
老成持重
師生共融
28-9-2016

仁愛慈祥

仁者無敵
愛鄰和睦
慈祥謙厚
祥和樸實
26-9-2016

尊敬佩服

尊重以誠
敬師以心
佩備以精
服人以理
29-9-2016

尊敬樂業

尊注肅靜
敬師以心
樂善服務
業績優越
5-10-2016

孝敬感恩

敬師以心
養母如金
孝父知音
皆因我心
江可晴

孝敬律勤

敬師以心
律己以行
孝順以仁
上進以勤
區曉嵐

【註】　收到教育局《敬師運動》小冊子，內有「敬師以心育人以誠」的詩句，我寫下上面四首詩詞，並藉此向學生訓勉，學生也用詩詞回應。

現代香港詩之
人間清歡品詩香月照浮生弄清涼

二〇二

淘寶馬雲

淘盡金銀尋己好
寶物收納是富豪
馬不停蹄貨速遞
雲端購物有真偽

26-5-2016

【註】 陳志楠常常提及網購，某天向我挑戰出題〈淘寶〉，於是我寫下上面藏頭詩。

十一天貓

十全十美追至好
一心一意網淘寶
天天網遊累價高
貓兒送貨不辭勞

11-11-2017

【註】 適逢雙十一購物節，陳俊諺向我提起去年〈淘寶馬雲〉詩詞逸事，於是挑戰出題〈天貓〉。我便寫〈十一天貓〉藏頭詩在課室黑板上，同學看了便鼓掌稱讚。

減壓

苦戰無窮勞命限
袖手何妨閒處看
風吹雲飛炎海涼
笑解塵囂滄浪賞

2016 年 6 月

【註】 以〈減壓〉詩詞為學生勉勵打氣，提醒學生減壓，自我欣賞。

疫情勉勵

停課不應停學技
坐在家中知識記
學生專注勿疏離
網課老師功課寄
電郵交件定有期
學子辛勞開田里
初步自學路甚歧
盼生能固盤石基
勿廢光陰任離奇
落後成績為禁忌
學海無涯毅為基
貪逸步錯勤無幾
祝願疫情轉福機
祈願健康掛勝旗

27-2-2020

【註】 疫情下的網課不知何時了，掛念學生，題詩一首以作勉勵，並寄語保重身體。

李香蘭

花樣年華萬人愛
可人獻唱大轟動
含羞一笑百花生
回眸一望成歌后
亂世佳人名遠揚
絕世歌女光芒耀

吳紫彤

【註】 我曾分享〈念李香蘭〉詩詞，並出此題給學生，吳紫彤得引發寫下〈李香蘭〉。

十年生死兩茫茫
不思量 自難忘

【註】 蘇東坡《江城子》首句

百年過去雪紛紛
不相信 自難真

江可晴

百年過去還未忘
很掛念 仍難忘

江可晴

【註】 偶然知道中二要學習蘇東坡《江城子》，我便鼓勵學生以《江城子》首句為題，江可晴很聰明，寫了以上兩作品。

玉美

曾經滄海憾無言
玉立堅毅塵不染
美饌智慧畢盡顯

7-3-2018

【註】 這是我的名字詩，我已寫了幾首。我以此詩出題給學生，考考他們創作。

曾玉美

曾因一見被情困
玉女輕嘆紅塵滾
美酒依舊不見君

文凱欣

李香蘭

微笑生花迷萬眾
世寵公演場客滿
歌聲飄揚七圈半
痕跡永留千代田

文凱欣

【註】 阿我曾分享〈念李香蘭〉詩詞，並出此題給學生，文凱欣寫下〈李香蘭〉。

王澄川好之一

浪子回頭王者歸
智慧心明澄清齊
千歌萬頌川長流
能擁善美好強勢

2017 年 1 月

【註】 王澄川早會分享校園趣事，
我聽到很感動，引發我題詩讚賞，
詩詞內藏了他的名字，見第五字直
行「王澄川好」。我烹調一頓午餐
給他，只預備一人份量。可是，其
他同學也想試味。急躁之下我失手
了，我想同學體會心意，不介意味
道欠佳。

王澄川好之二

浪子智慧
千歌能擁
回頭心明
萬頌善美
王澄川好

2017 年 1 月

【註】 此詩詞藏於〈王澄川好之
一〉詩詞，第一至四直行方塊組
合。

現代香港詩之

人間清歡品詩香月照浮生弄清涼

六戊之一

六朝無窮玉兔劣
戊班維新美招絕
紀綱勿忘素質在
律己愛人心堅決

2016 年 11 月

【註】 藏頭詩的第一、五直行
讀看，可以見 6E 班主任鍾老師和
我的名字。

六戊之二

無窮維新
勿忘愛人

2016 年 11 月

【註】 此詩詞藏於〈六戊之一〉
詩詞，從詩第三、四字直句方塊
組合。

新年之一

聞犬吠聲新年來
見水冰溶大地春
鼻子孔嗅百花香
動手揮舞喜迎新

5-12-2017

【註】 藏頭詩靈感來自新年。見上面第一至三字直行是身體部分，第二、三字直行是部首關連，這是為學生預早送上新年賀詞。

新年之二

新年來 大地春
百花香 喜迎新

5-12-2017

【註】 此詩詞藏於〈新年之一〉詩詞，刪除第一至四字組合。

古代名人

面相想似西施美
心中忠貞岳飛義
臂手掌權曹操霸
血水濃深東坡情

6-12-2017

【註】 藏頭詩見第一至三字直行是身體部分，第二、三字直行是部首關連。古代名人各有特色，見以上詩詞第五至七字古代名人。

事

口舌甜滑辦事易
指工巧細做事快
心田細思事事行
眼目看守世上事

黃添龍

【註】 藏頭詩詞見第一字直行是身體的部分，見第二、三字直行是有關連部首字。

念

觸心懷念已逝人
味道導人憶當年
心田思念舊時情
聽水流聲時光逝

吳梓鋒

【註】 藏頭詩詞見第一字直行是身體的部分，見第二、三字直行是有關連部首字。

一笑傾城

一生豪邁遊歷行
笑而不語從未憎
傾世芳華初見聞
城中卻無相似人

張梓浩

一笑傾城

一生灑脫萬里行
笑看風雲心有幸
傾心紅顏初邂逅
城國家邦缺故人

23-11-18

【註】 我午間閱讀巡視學生，張梓浩同學在
報紙寫了一首藏頭詩，我發覺了便對作一首。

「猛志逸四海
　騫翮思遠翥」

【註】　陶淵明《雜詩》

雄鷹立志

雄鷹飛捲雲
立志毅當前

6-12-2018

【註】　見學生班衫設計，後面有陶淵明的詩句，於是我便對作一首。

「長風破浪會有時
　直掛雲帆濟滄海」

【註】　李白《行路難》

別沙崇

路踏崎嶇惜別遲
遙望沙崇主恩施

8-10-2019

【註】　見學生班衫設計，後面有李白的詩句，於是我便對詩詞一首。

現代香濃詩之

人間清歡品詩香月照浮生弄清涼

四甲化學班

四川百匯盡精英
甲等挑戰混全城
化心勤奮克攻盡
學海無涯步步升

6-4-16

【註】 接到化學班的代課便條，進入 4A 課室，在黑板上寫詩作勉勵學生，努力學業。

三戌前進

三秋師生緣在此
戌戌谷雨顯心思
前進廚技探戈樂
進德功夫自得知

2019 年 6 月

【註】 接到代課便條，進入 3E 課室，在黑板上寫詩詞藉此懷念一番。我和學生已相處三年，「三秋」即是三年。二零一九便是戌戌年。「谷雨」在新曆六月，是廿四節氣。「探戈樂」是指探戈舞蹈（Tango），不斷前後來回推動的步法，意思指學生不斷努力推向前學習技能。

五甲共勉

五年學海未達涯
甲等沙園立奮時
共席同窗毅向前
勉教學子作君賢

2020 年 10 月

【註】 接到 5A 班的代課便條，進入課室，在黑板上寫詩作勉勵學生，毅力向上。

聲和美

風聲雨聲王景聲
山美水美曾玉美

2016 年 1 月

【註】　這是出自 2E 班寫給 2D 兩位班主任，見句內第五至七字有王老師和我的名字。2E 學生知道我喜歡作詩詞，所以他們也來對作共樂。

讚賞

二話不說聲揚眉
戊想不到對聯美
一生幾何緣在此
六年沙崇學不止

2016 年 1 月

【註】　藏頭詩靈感來自上面 2E 學生的詩詞，我向 2E 班致謝讚賞他們。

一九新年

一躍龍門金榜掛
九宵沖雲壯志嘉
新歲喜逢人立志
年終豐盛不會差

3-1-2019

【註】 我向2B班學生新年題詩，
藉新年勉勵他們。

己亥農曆年

己得鴻運事如意
亥豕福澤接連綿
一聲炮竹除舊歲
九重麗天百運來

2019

【註】 我向2B班學生新年題詩，
藉新年勉勵他們。

賀年

可喜敗事已逝去
喜樂常存放心裏
可嘆時光不回來
賀喜之事心常開

周洎軒

一六賀年

一生幾許風雨情
六載同窗苦樂領
二八年華歲月忽
丁壯頑強優果種

2016年1月

【註】 我向2D學生題詩，藉新
年勉勵他們。

現代香港詩之九

人間清歡品詩香月照浮生弄清涼

二一二

人生起落

春來花盛興
秋去葉凋零
生降塵世中
死入穴墓群

23-4-18

【註】 我以大自然景物題詩詞，邀學生思考對詩詞。這首詩是利用季節氣候現象比喻人生起落興衰。

夏至蟬齊鳴
冬臨物眾眠

陳澤穎

春來花盛興
夏至鳥啼鳴
秋去葉凋零
冬末舍清寧

陳燕彤、羅慧怡、廖栩桐、殷梓晴

冬來雪渺飄
夏至霜蕭條

吳旻朗

【註】 吳旻朗同學於四十分鐘快速完成對詩，被老師點讚。

冬無百日寒
夏常鳥高鳴

陳政楠

【註】 陳政楠同學於二十分鐘快速完成對詩，被老師點讚。

許韶鈺盼

許是上天聽應允
韶兒樂見夢中雲
鈺帛腰纏是鴻運
盼作能仁有深蘊

許韶鈺

【註】　詩詞來自許韶鈺同學，他的藏頭詩很
出色。

許韶鈺

許君才華橫滿溢
韶陽金光德行強
鈺寶福祿壽齊享

2019 年 10 月

【註】　我見上面詩詞，點讚許韶鈺，也寫下
名字詩。

風雨恨

風綿綿

雨綿綿

恨綿綿

綿綿不絕

人溜溜

心溜溜

酸溜溜

溜溜歲月不饒人

15-5-2018

【註】 藏頭詩詞靈感來自 2C 謝同學的出題，她從
「連登」網站看見一丈夫、妻子和兒子以詩詞爭吵，
學生給我看抄本，之後我寫下〈風雨恨〉，見第一字
直行「風雨恨綿，人心酸溜」，表達世情無奈心酸。

多謝兩戊

多將精英隊
謝眾尊師敍
兩臉頰貼光
戊己念恩降

2019 年 10 月

【註】 2E 學生很喜歡生活藝術堂，學生很尊
師重道，上課開心愉快享樂，我特別感恩，向
他們致謝，更多謝學生欣賞我的詩詞及教學。

三茶匙

去年家政堂，焗爐火光燙。
爐上洋蔥頭，人竭小息後。
今年家政堂，焗爐光依舊。
復見洋蔥乾，淚沾春衫袖。

李朗時

【註】 來自李朗時的詩，他是一個品學兼優的
學生。

3 學生名字詩詞

收到學生的〈溫馨小箋〉，十分感動，於是將學生名字題詩留念，由於我才疏學淺，所以未能盡錄。我會將學生的謝言記在心中，在此向沙田崇真中學學生致謝。

溫馨小箋

溫風習習吹
馨香飄飄醉
小語段段喜
箋字默默記

【註】 這是疊字藏頭詩，見第一字直行「溫馨小箋」。

溫馨小箋之二

溫風馨香　小語箋字
習習吹　飄飄醉
段段喜　默默記

【註】 此詩藏於上面〈溫馨小箋之一〉，先見第一、二字直行方塊組合，再用其餘字即可得出。

梁浩雲
梁君英雄
浩瀚宏志
雲集技藝

吳卓盈
吾為佳人
卓越優勝
盈樂身心

【註】「吾」諧音「吳」

沈希怡
沈默穩重
希罕奇珍
怡情感性

利至婷
利劍揮灑
至高無上
婷婷玉立

何馭心
何其優雅麗佳人
馭宇天下文藝深
心性溫婉品高層

何知行之一
何等歡樂喜悅人
知情知性仁慈心
行善美德果勇敢

何知行之二
何君窗下苦讀書
知書識禮明大義
行盡江南廣識之

【註】 何知行在沙崇校園最後一天，我題詩詞留念。

戚由康
戚身無懼
由衷情長
康樂悠然

現代香港詩之
人間清歡品詩香月照浮生弄清涼

梁詠詩

　梁女英姿
　詠嘆如雷
　詩書學滿

徐家浩

　徐緩生活
　家當豐裕
　浩氣長存

林思行

　林立堅毅
　思維優秀
　行事勇敢

陳志楠

　陳腔偉論
　志堅強幹
　楠木材正

王婉馨

　王權在握
　婉順和藹
　馨香勝人

李悅瞳

　李子豐盛
　悅目賞心
　童心純真

【註】「童」諧音「瞳」

劉佩弘之一

　流露摯敬誠
　佩服此心靈
　弘揚頌美聲

【註】「流」諧音「劉」

劉佩弘之二

　流金歲月勤
　佩劍蓄勢發
　弘毅美好達

【註】「流」諧音「劉」

陳建宗

陳情寶貴
建業成功
宗正勤奮

陳弘望

陳子高尚
弘毅剛強
望子成龍

吳鈞濤

吾性聰慧
君子謙虛
濤聲浪強

【註】「吾君」諧音「吳鈞」

雷碧芯

雷霆尖子
碧海明珠
心靈純潔

【註】「心」諧音「芯」

周熹廉

周君內斂
嬉戲樂觀
廉潔正直

【註】「嬉」諧音「熹」

黃梓珊

王者風範
梓官維才
珊瑚優雅

【註】「王」諧音「黃」

溫佩瑤

溫柔和順
佩玉清雅
瑤池享樂

江可晴

江山在握
可愛怡人
晴朗樂天

現代香港詩之

人間清歡品詩香月照浮生弄清涼

二二〇

洪曉淖
洪亮閃耀
曉得自在
鋒芒畢露

【註】「鋒」諧音「淖」

鍾明頤
鍾愛信望
明智有禮
頤善聰慧

伍朗然
五福齊天
朗潤天然
然仍謙孝

【註】「五」諧音「伍」

袁源縵
袁君才藝
源源不絕
慢步悠然

【註】「慢」諧音「縵」

陳彥霖
陳規服從
彥文勤讀
林木優材

【註】「林」諧音「霖」

陳君雪
陳情念舊
君子德優
雪白純潔

李金進之二
李君班為長
金剛身體強
進步靠奮發
勁旅終必揚

李金進之一
李郎衣中央
金枕頭飄香
進攻家政室
勁香撲鼻揚

鍾景霖　鍾愛沙崇課學習
　　　　景淺情深尊師導
　　　　霖甘珠露潤眾生

黃孝謙　黃帝大器
　　　　孝道德仁
　　　　謙遜人和

黃卓浠　黃帝長相氣軒昂
　　　　卓越之才橫溢高
　　　　浠水明光照萬家

梁浚澤　梁君英雄氣軒昂
　　　　俊偉不凡謙恭厚
　　　　澤雨潤物是龍頭

　　　【註】「俊」諧音「浚」

藍文卓　藍天闊胸懷
　　　　文德雙兼備
　　　　卓越成就高

劉穎文　劉備皇者才
　　　　穎聰溫婉順
　　　　文武兩相存

溫智傑　溫馨正向心
　　　　智者貴黃金
　　　　傑出成就深

朱銘韜　朱葛孔明才
　　　　銘賢德仁蓋
　　　　韜略智慧再

陳奕芳
陳規新條尊師敬
奕奕神采萬事精
芳華絕代好娉婷

吳旻澤
吳為佳漢
文理精通
澤心仁厚

【註】「文」諧音「旻」

戴卓睿之一
戴勝顯英雌
卓越文武思
睿智福好施
正向樂心怡

戴卓睿之二
戴女英雌
卓爾優司
睿智福澤
正向樂怡

陳燕彤
陳女秀盈麗
燕樂飛雲樓
彤霞萬彩齊

蘇柏羲
蘇乃大氣神
柏樹雄姿身
羲陽偉業人

莫欣叡
莫驚身苦勞
欣賞百味路
叡思人生好

李悅
李花淨純潔
悅志塵不侵

鍾湘兒

鐘鳴響人群
湘水長流清
兒心享佳景

【註】「鐘」諧音「鍾」

曾梓桐

曾女品端莊
梓樹奇優秀
桐柏堅奮強

蕭晉軒

瀟灑爽朗君
晉傑羣中出
軒昂卓越人

【註】「瀟」諧音「蕭」

譚悅懿

譚女勤力學
悅喜樂包容
懿德品行優

黃彥童

黃鶯性開朗
彥和溫柔心
童兒揚清音

譚欣寧

譚兒文柔靜
欣承優族深
寧知感恩心

周詠嵐

周女品聰穎
詠讚滿江南
嵐光耀四周

區朗忻

區種優果子
朗然正向心
忻開豐盛生

【註】同音字環迴詩

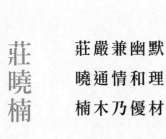

莊曉楠　莊嚴兼幽默
　　　　曉通情和理
　　　　楠木乃優材

朱子熙　朱弦响四方
　　　　子行仁愛有
　　　　熙陽耀穹蒼

馮經博　馮生朝陽看
　　　　經霜堅毅鋼
　　　　博學知識藏

謝煥昇　謝庭滿嘉木
　　　　煥麗人生彩
　　　　昇平學業高

袁嘉希　袁安門風清
　　　　嘉樹壯強勁
　　　　希世英姿誠

吳梓鋒　吳兒俊俏朗
　　　　梓樹苗堅毅
　　　　鋒芒耀星光

陳澤穎　陳跡念師恩
　　　　澤國有賢能
　　　　穎脫德仁勤

張楚強　張子品謙遜
　　　　楚客勤學書
　　　　強名顯耀殊

黃小懿

黃女思謹慎
小松不懼霜
懿識屬純真

吳日天

吳兒領袖才
日中龍飛空
天下見賢能

黃浩軒

黃金鋼堅志
浩蕩胸懷心
軒昂風雅襟

陳幗丰

陳女柔中鋼
幗國英雌漢
丰盈姿彩藏

張國瓏

張子高英偉
國士有潛能
瓏山勝高峰

張沛琳

張女品賢淑
沛然悠揚心
琳琅姿彩人

李浩睿

李子有恆心
浩瀚海胸襟
睿智敏銳人

陳逸鎜

陳女恬靜安
逸氣滿人間
寧知勤力行

現代香港詩之
人間清歡品詩 香月照浮生弄清涼

黃鎵鋮

黃子忠厚君
家風仁敬仰
成功美生輝

【註】「家成」諧音「鎵鋮」

蕭堦駿

蕭子沉默靜
階前嚴謹慎
駿馬策毅前

【註】「階」諧音「堦」

李逸妍

李子優秀媛
逸好文溫雅
妍樂喜助人

關丞希

關心友善良
丞相高等才
希賢亮四方

鄭玥璆

鄭女品仁愛
月明皓純潔
璆徹照清心

【註】「月瑩」諧音「玥璆」

鄭棨哲之一

鄭君樂喜悅
棨戟多才藝
哲人尊師齊

顏郴瑜

顏色彩耀生
郴嶺藝文才
瑜亮高智慧

鄭棨哲之二

鄭君品尊師
棨戟奮進風
哲人高崇信

鄧永希　鄧子勤奮學
　　　　永懷尊重恩
　　　　希賢達峰台

楊朢庭　楊君喜沉思
　　　　朗詠歡辨識
　　　　庭中嘉樹真

【註】「朗」諧音「朢」

楊卓穎　楊女柔順謙
　　　　卓越優秀人
　　　　穎脫開朗心

梁世玲　梁女品聰慧
　　　　世艱施仁愛
　　　　玲瓏映人間

何樂牽　何得感恩心
　　　　樂喜友善人
　　　　牽舟堅強忍

葉熹霖　葉上有甘露
　　　　熹微朝日享
　　　　霖雨生潤澤

何逸軒　何君樂觀心
　　　　逸飄思維深
　　　　軒車加力勤

譚仰容　譚女品學優
　　　　仰敬尊師道
　　　　容顏清脫俗

林綺君　林中有嘉木　綺閣有淑媛　君懷仁慈心

黃荷　黃女勤快懇　荷花雅脫心

林頌淇　林鳥一沖天　頌聲嚮盛世　淇水清泉甘

羅曉而　羅衣耀金光　曉添彩朝陽　而今青雲看

林卓賢　林子穩重漢　卓爾超非凡　賢能沉實君

戴紫晴　戴勝仁淑女　紫霞斑斕照　晴陽溫婉心

黃讌程　黃女謙恭敬　燕語有亨音　程遙忍耐心

【註】「燕」諧音「讌」

李倩瑜　李兒領袖才　倩得誠敬心　瑜謹溫包容

羅梓蓁
羅列強項多
梓柱擎天高
蓁蓁讚道好

陳綽妡
陳兒喜恬靜
綽約立端莊
妡慰學行強

【註】「欣」諧音「妡」

林海寧
林靜枝葉強
海鳥上青天
寧知寬容人

葉曉媛
葉細脈精緻
曉霜露抗寒
媛女勤儉忙

林苡心
林女柔善雅
苡珠瑩光耀
心性品純正

陳煦揚
陳君品盡責
煦日藹溫文
揚暖照人群

黎柏呈
黎陽燦輝光
柏松長堅強
呈祥和善心

辰思捷
辰卿品優異
思見勤向學
捷音伴一生

現代香港詩之

人間清歡品詩香月照浮生弄清涼

李香瑩　李子笑開朗
　　　　香樹滿園壯
　　　　瑩淨享樂堂

陳怡冰　陳兒誠信滿
　　　　怡情笑容忠
　　　　冰霜忍耐君

陳詩雨　陳女人緣佳
　　　　詩書技藝冠
　　　　雨晴浪漫襟

岑愷晴　岑子心平和
　　　　愷樂正觀才
　　　　晴陽悠然心

陳心語　陳女柔沉靜
　　　　心智聰敏捷
　　　　語默自信人

黃湘婷　黃鶯聲開朗
　　　　湘兒品活躍
　　　　婷婷玉佳人

孔卓楠　孔雀艷麗姿
　　　　卓立脫頹困
　　　　楠木穩重君

邱紫晴　邱子勤勞作
　　　　紫台勝利閣
　　　　晴空優秀才

楊家祺
楊柳瀟灑飄
家傳敦孝仁
祺祥順和人

陳寶琳
陳兒貌娟秀
寶貝敬師重
琳琅學業優

林志健
林君活躍跳
志毅服務人
健談若江河

陳康堯
陳子好活躍
康軀靈敏身
堯聰奮強人

吳子倩
吳兒高能幹
子行尊師敬
倩人品純真

褚凱琳
褚子才華多
凱旋隨得手
琳瑯滿一生

陳慶燁
陳子性純良
慶成忠孝君
燁燁騰飛翔

金樂怡
金花照光芒
樂天享自然
怡知奮堅強

現代香讚詩之

人間清歡品詩香月照浮生弄清涼

二三二

何、沈、袁、蘇、謝製蛋糕

何許太盛情
美即心意醉
慧品驚豔彩
沈香幽飄遠
佩聲敬重傳
怡然令人迷
袁女手藝佳
嘉獎蛋糕見
希技深銘記
蘇氏讚妙奇
芷蘭幽香遠
瑩焰千里傳
謝五心不微
韞香度若飛
楠木千不朽
念師一無遺

2019 聖誕節

【註】　二零一九聖誕節，學生何美慧、沈佩怡、袁嘉希、蘇芷瑩和謝韞楠，自製蛋糕送給我，非常驚喜和感動，我以藏頭題詩向她們致謝，見第一字直行她們的名字。

張、蘇、黎、陳、謝送蛋糕

張女送餅來
熙然驚艷彩
潼關不及此
蘇公更遜之
芷蘭幽香遠
瑩焰千里傳
黎明耀眼穿
芳香散人迷
瑜姬手藝佳
陳情心尤顯
兆年深銘記
恩詩頌玄機
謝五心不微
韞香度若飛
楠木銘刻心
念生尊師行

2019 聖誕節

【註】　二零一九聖誕節，學生張熙潼、蘇芷瑩、黎芳瑜、陳兆恩、謝韞楠，很熱情地運送蛋糕給我，我以藏頭詩向她們致謝，見第一字直行她們的名字。

何美慧、沈佩怡、袁嘉希、蘇芷瑩、謝韞楠，自製聖誕節蛋糕，2019

許慧琳

許子才藝技高超
慧明謙虛人勤奮
琳琅大業定驚雷

【註】 慧琳善良乖巧，有資優才能，此書插圖和封面是由她設計。

吳子聰

吳君忠主誠
子行德仁敬
聰明運動精
好堅強靈命

【註】 最初草擬書名是「美詩四百首」，這首學生名字詩〈吳子聰〉便是第四百首，後來我有更多詩詞創作，因此書名也修改了。子聰是一位穩重敦厚、多元才藝、敬師愛主愛友的學生，他曾在唱歌比賽奪冠，羽毛球技甚好。雖然工作忙碌也回母校幫忙課堂上傳播福音，關懷學友，十分難得。

子聰生日攝於家政室，2017

十

保良局第一中學
校友點滴

周鳳萍歸

周車勞頓人頹喪
鳳城深閣有情郎
萍踪孤影夕陽看
歸家心焚如馬闖

24-12-2013

【註】 藏頭詩詞靈感來自一張黃昏日落相片，鳳萍每天早出晚歸，長途跋涉乘船往來離島。一天她歸家途中拍下黃昏日落美景，上載相片給朋友。我見了相片便寫下〈周鳳萍歸〉，詩詞是描述相片景色與她回家心情。

周鳳萍攝於歸家渡輪上

現代香港詩之
人間清歡品詩香月照浮生弄清涼

二三六

周鳳萍攝於台灣

奇花

蘭嶼島奇花
夜來驚發華
晨曦已凋謝
彷如一夜情

8-6-2015

【註】　藏頭詩詞靈感來自一張台灣奇花相片。鳳萍到台灣潛水
見有奇花，它十分漂亮，上載給我看。可是未能知道花名，據說
花朵只是在夜晚開花，早上便會凋謝。我見相片寫下〈奇花〉，
我用「一夜情」來形容它的壽命很短。

鳳
凰
四
十

鳳萍比試鳳凰顛
凰不及萍高聳處
四周無人能爭勝
十四巾幗鶴立前

2018 年 11 月

【註】 藏頭詩靈感來自面書鳳萍四十年前的舊照。當時她只有
十四歲,參加校內鳳凰山遠足團,她站在「鳳凰山之顛」石碑
上拍攝留念。鳳萍的外號名叫「鳳爪」,她名副其實是一位有
幹勁毅力的人,而且品學兼優,田徑游水皆精,每一項學習經
歷都會抓緊不輕易放棄。她是一位虔誠基督徒,忠主愛人。中
學時,她是名列前茅,我卻是在榜尾。奈何鳳萍敵不過我的機
靈,我小施「雞腿騙局」便可以把她勝倒。阿 Q 的精神令我自
滿也自慚,多年來都不忘這件趣事。

攝於鳳凰山,26-11-1978

笑雲攝於丹麥流沙丘

流沙丘教堂

窮途末路黃砂處
孤清教堂唸禱書
藍天晴空世宏大
哀悼白牆靜寂存

2019 暑

【註】　詩詞靈感來自笑雲旅遊相片，她到丹麥流沙丘沙漠參觀，
該處屹立一面教堂遺牆，因為在風沙侵蝕下只餘一面牆。

牛聚

勁牛離鄉返故里
一乙舊友聚有期
今朝共飲新斗記
他日重臨珍重寄

9-9-2015

【註】 校友周細華，別號「阿
牛」，早年移民加拿大，四十年
後回港聚舊。七四至七五年度
1B班細華、振權、逸雄、志偉、
達賢和我晚餐聚舊，這是寶貴難
忘回憶，故此題詩留念。

細華珍重

周公德仁
細心人重
華貴賓士
再遇故友
見賢思鄉
珍惜友誼
重返香江

10-9-2015

【註】 周細華離港，返回加拿
大，臨別贈藏頭詩詞，以此留念。

玉美好詩

曾為同窗只數載
玉影依然滿身載
美豔如昔數十載
好好珍重情義在
詩情寄意歡欣再

10-9-2015，朱詠勛

【註】 周夫人朱詠勛女士見〈細
華珍重〉詩詞，贈藏頭詩向我讚賞
致謝。

牛太

牛棚樂園
朱顏如玉
詠歌同心
勛爵賢淑

10-9-2015

【註】 我見〈玉美好詩〉，再向
周夫人朱詠勛回應和致謝。「牛
太」是指「周太」，因為周細華的
外號是「阿牛」。

長洲聚會

美女眾皇后
水流川集會
雲浮飄渺有
爪緊相會期

8-1-2014

【註】 藏頭詩靈感來自笑雲回港相聚。我、阿水、笑雲和鳳爪四人相約長洲同遊，見藏頭詩第一字直行四人名字，見第五字直行「后會有期」，希望日後再聚。「爪」諧音「抓」，「爪」是鳳萍的外號。

長洲友聚

甘霜玉露一重逢
尤勝人間金花香
得一日閑為我福
千載難逢長洲局

10-9-2018

【註】 笑雲再回港，朋友們再次聚首長洲。

凌燕瓊回

凌波東移達香江
燕雙夏歸煙雨寒
瓊筵玉液雙對飲
回首感慨白髮蒼

2019 年 6 月

【註】 七四至七五年度 1B 班凌燕瓊校友移居海外後，我與她失聯絡數十年，靠著面書尋回知己好友。二零一九年她回港，我們相隔四十年後重見，別有一番滋味在心頭。我以藏頭詩〈凌燕瓊回〉作留念。

玉美攝於中環，2017 春

2 Electron 群力創園地

龍脊

晨曦微露鳥兒飛

藍天白雲看不膩

紅葉落下伴我走

好友相約冬日遊

30-11-2019，翠儀

【註】　葉翠儀喜歡遠足，秋日到龍脊遠足徑，寫下詩詞留念。

葉翠儀攝於龍脊遠足徑

鴛鴦

快活逍遙樂自在

此羨鴛鴦不羨仙

16-3-2018

【註】　我見蘊儀面書的相片，她依偎在丈夫籃球博士張丕德旁，十分甜蜜，故此得靈感寫下此詩。

張丕德夫婦攝於美國
Cold Spring, New York Upstate

賀羊年

極盡無邊壽歲月
載歌載舞樂昇平
正逢迎春恭賀聲
潤水細流愛長情
溝通人際百事功
穰穰滿家穀豐收
稀罕珍貴易得手
垓下歌起相應勁
京兆歸仁萬物興
兆頭鴻運當富貴
億載金銀亦屬歸
萬般舊事乘馬去
千百新願隨羊來
百川匯流人才濟
十二鴻鶯星動齊
個子福昇來高照
零星善念當宣揚
負義惡意不應想
祝願大家身體強
事事如意福無疆

20-2-2015

【註】 我以數字藏頭詩送馬迎羊賀歲，每句首字便是數字單位。
見第一字直行是「孫子算經」，這是中國數量單位「零個十百千
萬億兆京垓稀穰溝潤正載極」，單位數字由大至小向下排列，數
字更有零以下的「負」數字。

現代香港詩之

人間清歡品詩香月照浮生弄清涼

二四四

賀羊年

萬般舊事乘馬去
千百新願隨羊來
祝願大家身體好
事事如意笑口開

2015，漢聲

【註】　二零一五年，羅漢聲的
賀歲詩送馬迎羊年。

賀元旦

陰霾已散玉曾美
晴天再現龍浩嘯
忘卻秋愁春不遠
喜迎新歲接新朝

2016，漢聲

【註】　二零一六年，羅漢聲的
詩詞賀元旦。見第一、二句，他
以 Electron 群力創組員名字為
題，詩句第一、二句寫下兩位組
員名字。

迎元旦

羅漢聲音迎新春
鎮江黃河運滔滔
達賢留金更有銀
玉美珍貴寶貝新

2016

【註】　這是同音異字排句，我
的靈感來自上面羅漢聲〈賀元
旦〉。見每句第一至三字，我也
寫入 Electron 群力創組員名字，
有組員羅漢聲、黃鎮江、劉達賢
和我。「留」諧音「劉」；「珍」
諧音「曾」。

賀雞年

秋去冬臨送玉猴
春曉雞鳴迎豐收
福祿齊來人增壽
家家戶戶樂悠悠

28-1-2017，漢聲

【註】　二零一七丁酉年，羅漢聲
的賀歲詩送猴迎雞年。

迎雞年

一元復始萬象新
七彩繽紛送舊塵
丁壯雞鳴賀新歲
酉黍豐盛滿溢隨

28-1-2017

【註】　二零一七丁酉年，我的藏
頭詩送猴迎雞賀歲。

賀犬歲之一

雞啼聲靜犬相迎
春曉花開芳滿庭
一輪戊戌花甲漢
祝君心想事事成

16-2-2018

【註】　二零一八年，我的詩送雞迎犬賀歲。

賀犬歲之二

雞鳴聲竭吠聲來
春風得意園花開
一群登陸同窗漢
祝賀萬吉身健康

16-2-2018

【註】　二零一八年，我的詩送雞迎犬賀歲。

賀豬年

走狗吠聲遠
金豬笑臉來
秋心隨冬去
春暖百花開

2019，漢聲

【註】　二零一九年，羅漢聲的賀歲詩送犬迎豬年。

辛丑牛年

辛勤得豐盛
丑初朝陽開
牛背揚光榮
年年滿德馨

2021

【註】　二零二一年，我的詩送鼠迎牛賀歲。

賀鼠年之一

春花秋月映香江
夏炎冬寒襯故莊
人生如夢仙境告
鼠年鴻運善勿忘

2020

【註】　二零二零年，我的詩送豬迎鼠賀歲。

賀鼠年之二

庚年祥瑞萬象新
子孫滿堂千袋金
鼠才鴻運百戶興
年歲爆竹十里亨

25-1-2020

【註】　二零二零年，我的詩送豬迎鼠賀歲。

北風新年

北風蝕骨怯寒深
新年開運朋愛甘

2021 元旦

【註】　二零二一年，我的賀元旦詩，歡送二零二零除夕，迎接二零二一元旦。

酒　　無酒亦歡是平常

　　　土豹茅台人皆搶

　　　劣酒乾杯勿勉強

　　　極品佳釀願品嘗

　　　願有此生有此彩

　　　尋獲財才材菜睬

21-2-2015

【註】　我以酒喻婚姻，無酒是指單身貴族人；
土豹是劣酒，意思指差劣品性人士，茅台是好
酒，意思指德行好人；劣酒意思指破裂婚姻；
極品佳釀意思指美好良緣。最後一句是羨慕及
讚揚友人德才，他有錢財、才智、有資源材
料、有美艷嬌妻女兒和有良好聲譽。

鍾氏

淑霞此姝勝艷霞
安澄明珠精靈醒
德才兼備有兩珠
蓋家同樂無得輸

21-2-2015

【註】　這是藏頭詩，是上面〈酒〉的續寫，試見每句第一、二字，有鍾氏一家三口名字。我再次讚揚友人德才，他有靚老婆淑霞，也有掌上明珠女兒安澄，他是人生的勝利者。

榴槤妻

娶個靚老婆
德才笑呵呵
阿聲食榴槤
唔知苦定甜

21-2-2015，漢聲

【註】　羅漢聲見上面我的詩〈鍾氏〉，於是他題詩續讚友人德才，他有靚老婆。漢聲卻自我幽默一番，詩中卻是自貶，比喻他的老婆似榴槤。

情人節之一

浪蝶花叢撲芬芳
傻蜂獨愛榴槤香

14-2-2015，漢聲

【註】 羅漢聲在二零一五年情人節首次公開愛妻宣言，再次用榴槤比喻妻子，自己比喻是蝴蝶。

情人節之二

戀戀蜜意雖往事
點滴情懷心上留
有情不見眉梢皺
無悔牽手到白頭

2017，漢聲

【註】 二零一七年，羅漢聲在情人節再度公開愛妻宣言。

情人節之三

老眼看花花無缺
耳殘聽曲曲有音
近事已忘遠事新
眼前仍是舊情人

15-2-2020，漢聲

【註】 二零二零年，羅漢聲在情人節三度公開愛妻宣言，詩詞內用了耳和眼兩器官來表達詩意。

傻蜂

傻蜂雖愛眾花香
難敵彩蝶飛舞狂
可幸天賜果中王
異香醇化變芬芳

21-2-2015，漢聲

【註】 羅漢聲的詩形容自己是傻蜂，鍾情於妻子。孫婉芬被喻是榴槤，它是果中之王，香氣芬芳。

情詩

鼻蓋罩子嗅榴槤
齒頰留香品貓山
遠憶傻蜂飛舞閒
近看情詩南朗山

15-2-2020

【註】 我見上面羅漢聲〈情人節之三〉詩詞，之後得到靈感。我的詩詞也寫入口鼻兩種器官元素，藉此呼應羅漢聲的詩詞。

蜂與榴槤

此生此世愛貓屎
不離不棄痴情士

15-2-2015

【註】 我見上面羅漢聲〈情人節〉向妻宣愛，於是我寫下詩詞，讚揚他是痴情漢。

貓山榴槤

聲家榴槤是貓山
至尊極品奪得難
香濃甜蜜饞如花
果王之最不是差

21-2-2015

【註】 我的詩續讚羅漢聲的老婆，她似貓山榴槤，乃是城中極品，十分矜貴，貓山榴槤是果中之王。

羅氏

門第羅家
多才漢子
同氣聲息
溫柔婉順
香氣芬芳
蘭陵芷香
快樂軒台

21-2-2015

【註】 這是藏頭詩靈感來自漢聲情人節詩詞，見第三字直句，便是羅氏一家三口的名字。

美和霞

曾經滄海
玉露品嘗
美不勝收
黎明喜見
淑德賢良
霞光彩妝

21-2-2015

【註】 這是藏頭詩靈感來自〈羅氏〉名字詩，見第一字直行，我與好朋友兩人名字。淑霞是漂亮、義氣和有愛心之人，幫助朋友全心全意。

黃氏

黃龍飛雄
鎮守教室
江南盡義
陳情懷抱
敏聰穎悟
賢慧文雅

21-2-2015

【註】 這是藏頭詩靈感來自〈羅氏〉名字詩，見第一字直行黃氏夫婦二人名字。

健華

念舊友情來
甄別四十載
健壯康體在
華漢心扉開
一生崎嶇路
七十二變彩

2017

【註】 這是藏頭詩靈感來自〈羅氏〉名字詩。見第一字直行 Electron 群力創組員名字「甄健華」，他早年移民海外，四十年後靠社交媒體重新聯絡，大家久別重逢感慨良多，世界變幻莫測。

中秋節

家
溫馨
愛不停
手足情深
沿途陪伴走
彼此笑語不休
中秋圓月齊聚首
秋意濃情依舊
無愁亦無憂
舐犢情深
樂悠悠
歡欣
家

27-9-2015，翠儀

【註】二零一五年，葉翠儀的三角形詩賀中秋節，由上而下讀或由下向上念均可。

賀羊年

羊
已走
未挽留
迎新送舊
瑞雪寒冬後
春日暖光漸透
霧化春生山水秀
百花艷掛枝頭
家家樂悠悠
事事豐收
齊聚首
迎來
猴

2016，漢聲

【註】二零一六年，羅漢聲的三角形詩送羊迎猴賀歲，由上而下讀或由下向上讀均可。

中秋節

情
不輕
如水清
似夢非醒
江河滴水成
點點結合心靈
細水長流潤山青
中秋節月倍明
圓月人共慶
天上繁星
拱照成
溫馨
情

27-9-2015，漢聲

【註】二零一五年，羅漢聲的三角形詩賀中秋節，由上而下讀或由下向上念均可。

現代香港詩之

人間清歡品詩香月照浮生弄清涼

二五〇

月之一

此生此夜不長久
明月明年何處見
友情愛情結伴行
快樂喜樂溢滿心

27-9-2015

【註】 二零一五年，我的複字
詩賀中秋節。

月之二

花香花盛年復年
好花好樹照清影
月皓月明何處尋
圓月圓珠今夜在
中宵中和心常開
秋風秋雨驟時來
快意快陰人事改
樂盡樂在奏精彩

2017

【註】 這是複字藏頭詩賀中秋，
第一、三字相同。第一至四字是
直讀和橫讀詩。

月之三

雲淡風輕月光明
粗狂憂傷人無情
思念無眠虛幻影
笑看人生如浮萍

2018

【註】 我喜歡以月亮寫詩。

月之四

月下詩詞慰風霜
人生幾度悲秋凉

24-1-2020

【註】 我喜歡以月亮寫詩。

月之五

元夕未見萬彩環
宵宮展見星月冷
月滿華光海雲深
圓光鏡照浪花新

8-2-2020

【註】　我喜歡以月亮寫詩。這首藏頭詩靈感來自元宵佳節。

月之六

元夕宵宮　月滿圓光
萬彩星月　海雲浪花

8-2-2020

【註】　此詩詞藏於〈月之五〉詩詞內，見第一、二和五、六直行字方塊組合。

月之七

去年今年來年　年年有餘
百歲千歲萬歲　歲歲平安
新人舊人老人　人人享福
快樂歡樂喜樂　樂樂滿場
年歲人樂享中秋
花好月圓萬家興

1-10-2020

【註】　二零二零年，我的複字排句賀中秋節。

月之八

暮暮去暮暮也來
年年花落又花開
中有皓月伴星雲
秋風吹破世俗塵

1-10-2020

【註】　二零二零年，我的疊字藏頭詩賀中秋節。

月之九

寒風霧雨鎖雲天
明月清天卻不見

2021

【註】　今晚天氣很差，元宵節月亮被雨雲遮蔽。我的詩詞靈感來自寒雨的元宵。

群力創

慰藉勉勵共相為
安爾等識於微弱
時愛聲音頌時作
交關漢羅電間工
之訓會承子斷今
年忘相不久久有
羅張各陽艷出日

3-8-2016

【註】　這是詩詞遊戲謎面，找出正確詩詞。這是環迴藏頭詩，是七言八句共五十六字，上面只有四十九字，有些字隱藏起來的。提示：第一句字是「羅漢聲音頌電子」，依順時針繞圈讀看，隱藏在每句首尾字。答案可見下面傳　七言八句詩詞。「電子」是指 Electron 群力創。

群力創

羅漢聲音頌電子
子承會訓關愛爾
爾等識於微時間
間斷久久不相忘
忘年之交時安慰
慰藉勉勵共相為
為弱作工今有日
日出艷陽各張羅

8-3-2016

【註】　這是上面我的詩〈群力創〉遊戲謎底答案。環迴藏頭詩每句的首尾字相同，最後一句尾字「羅」與首句第一字「羅」相同。

現代香港詩之

人間清歡品詩香月照浮生弄清涼

朋情

愁風冷雨終會過
相慨嘆人生瞬客
撫感局外心途雲
義因在漢在多煙
情淚淌心內得淚
出照微光天蒼衣
漢兒男讓不幗巾

9-3-2016，漢聲

【註】　這是詩詞遊戲謎面來自羅漢聲，找出正確詩詞。這是環迴藏頭詩，是七言八句共五十六字，上面只有四十九字，有些字隱藏起來的。提示：第一句字是「漢在局外心在內」，依順時針繞圈讀看，環迴藏頭詩每句的首尾字相同。答案可見下面傳統七言八句詩詞。

朋情

漢在局外心在內
內心淌淚因感慨
慨嘆人生瞬途多
多得蒼天光微照
照出情義撫傷愁
愁風冷雨終會過
過客雲煙淚衣巾
巾幗不讓男兒漢

9-3-2016，漢聲

【註】　這是上面羅漢聲〈朋情〉詩詞遊戲謎底答案，環迴藏頭詩每句首尾字都一樣，最後一句尾字「漢」與首句第一字「漢」相同。

冰月

冰凍湖心月照明
熱血丹心世有情

2014 年 1 月

【註】 詩詞靈感是來自友人的相片，我看見湖泊寒天雪地，天灰冷月，天地靜寂，禿枝獨立，我寫下〈冰月〉詩詞。

朋情

寒霜猶見枝傲雪
暖遍人心是朋情

2014 年 1 月，得光

【註】 徐得光看見友人相片，湖泊寒天雪地，天灰冷月，天地靜寂，禿枝獨立。同時也看上面〈冰月〉詩詞，他便寫下〈朋情〉，我覺得他的詩詞非常工整，又能配合相片。

得光生日之一

徐徐悠悠人生道
光光芒芒半百老
生生不息勤奮勇
日日不少喜悦到
快快迎向新一歲
樂樂無窮福祿隨

6-10-2016

【註】 疊字藏頭詩靈感來自徐得光生日。他的花名是「徐光」，見第一字直行字，我向他祝壽道賀。

得光生日之二

人生半百 勤奮喜悦
新一歲 福祿隨

6-10-2016

【註】 此詩詞藏在〈得光生日之一〉，見第一至四橫句的五、六直行方塊組合，再加第五、六橫句的五至七字組合。

保良局第一中學校友點滴

二五五

孫娘壽

孫娘五三壽無疆
羅門今年喜事強
芷軒十二子于歸
福祿永世年年享

8-2-2015

【註】 詩詞靈感是來自羅太孫婉芬生日。「五三」是指孫婉芬五十三歲生日；第三句是預祝孫婉芬的女兒芷軒於十月二日出閣。

現代香港詩之

人間清歡品詩香月照浮生弄清涼

二五六

出席酒筵

五百嘉賓齊聚婚宴喜樂千載逢
一個勁兒逍遙自在到飲雙瓶酒

2015 年 1 月

【註】 這是藏頭數字詩，靈感來自上面羅漢聲〈婚宴請柬詩〉，他以詩作邀請，我也以詩回覆「一人出席酒筵」。試看上聯「千」是「五百的兩倍」，下聯「雙」是「一的兩倍」，這是工整特別，我的回覆也有創意。

婚宴請柬詩

三十二年女兒債
十月二日今秋解
金域假日尖沙咀
誠邀大家來一聚
闔府統請當高興
一人撥冗亦盛情
如蒙賜覆人多少
安讓圓桌齊言笑

2015，漢聲

【註】 詩詞是來自羅漢聲，他以詩詞敬邀 Electron 群力創友人出席酒宴。這是很特別的詩詞請柬，很有文采和創意。他的女兒羅芷軒出嫁，將於十月二日在尖沙咀金域假日酒請親朋。

祖烈敦厚傳佳漢
輝煌功績萬里航
芷香明珠玉娉婷
軒轅帝后享傾城
十全十美好姻緣
雙親雙愛築家園
結伴斯守扣同心
婚約白頭繫終身
梁祝之愛心相配
羅衣鳳冠喜慶匯
甜酸苦辣臥身嘗
蜜柑咸麻抱吻享

2015 年 1 月

祖輝芷軒

【註】 藏頭詩詞靈感來自羅漢
聲嫁女。見詩詞第一字直行，
我祝賀梁祖輝和羅芷軒於十月
二日結婚之喜。

多年閨女覓佳郎
謝天謝地心慌慌
大海有崖終泊岸
家宅福蔭謝祖堂
光景留存在心上
臨來賓客意難忘
飲者留名酒盡嘗
勝者康健福共享

2-10-2015，漢聲

飲勝

【註】 這首藏頭詩詞來自羅漢
聲。見詩詞第一字直行「多謝大
家光臨飲勝」，他榮新老爺，在
婚宴以詩詞向前來嘉賓道謝。

榮升外公

時光荏苒日如梭
春霧涓滴匯江河
初為人父如昨日
轉眼已是公與婆

13-3-2016，漢聲

【註】　這詩來自羅漢聲。他
榮升外公，以詩詞向友人公佈
喜訊。

明心出世

歲月如梭十月過
芷軒腹中胎兒長
三月十二吉日誕
嬰兒初會俗世緣
寶寶啼哭迎笑臉
至親至愛在眼前
輕觸小手哭盈眶
但願小寶福壽全

13-3-2016，翠儀

【註】　這詩詞來自葉翠儀。她
靈感也是從上面羅漢聲〈榮升外
公〉而得，她寫下〈明心出世〉
向朋友祝賀。

明心之一

春回大地丙申來
瓜瓜孫子芷軒胎
星河如流柑蜜餞
日月如梭光似箭
聲爸孫媽變公婆
外孫明心初見世
三月十二瓜落蒂
健康快樂福壽齊

13-3-2016

【註】　這首詩詞靈感來自上面羅
漢聲〈榮升外公〉，他以詩詞向友
人公佈喜訊，我寫下〈明心之一〉
向他祝賀。

明心之二

明理智慧才橫溢
心鏡無塵品性高

16-6-2016

【註】　這是藏頭詩。我的靈感來
自羅漢聲〈榮升外公〉，他喜獲首
位寶貝外孫「明心」，今天是她百
天壽辰，我寫下名字詩詞向她賀
壽。兩句意思是指「明心寶鑑」和
「明心見性」。

念

新事半刻忘
追憶少年狂
曉鏡雲鬢白
方知近夕陽

18-3-2015，漢聲

【註】　這詩來自羅漢聲。他寫下〈念〉去懷緬過去。

玩樂

閒人無事忙
金銀毋為妄
穿梭雲端間
樂在科技網

18-3-2015

【註】　這詩靈感來自羅漢聲〈念〉，我寫下〈玩樂〉，希望能夠享樂科技

嘆

但願情永久
奈何未能夠
人生多憾事
苦盡甘不來

18-3-2015

【註】　這詩靈感來自羅漢聲〈念〉，我寫下〈嘆〉，也有感慨懷緬過去

夢之一

人生如夢
人去樓空
各自天涯
各自珍重

18-3-2015，翠儀

【註】　這詩來自葉翠儀，她見我的詩〈嘆〉，她寫下〈夢之一〉，感慨一番。

夢之二

人生確有夢
半夢半醒中
各自尋夢去
好夢在其中

18-3-2015，翠儀

【註】　這詩來自葉翠儀，她見我的詩〈嘆〉，她再度寫下〈夢之二〉。

現代香港詩之

人間清歡品詩香月照浮生弄清涼

生命姿彩

生涯枯榮人自在
命駕辛酸不是災
姿神坦蕩心慷慨
彩筆一揮霧雲開
有情披風愁不再
你我何須淤泥蓋
同舟共濟渡滄海
行客共醉電子台

14-11-2019

【註】 我分享藏頭詩「生命姿彩有你同行」，友人徐得光很快便對上了，他的詩作刊在下面。

生命豐盛

生老悲喜神同在
命途坎坷豈是災
豐衣食足仍感慨
盛放鮮花刹那開
有天有地情可再
你儂我儂恨覆蓋
同走邁步過紅海
行使命赴審判台

14-11-2019，得光

【註】 徐得光的藏頭詩是對作我的詩〈生命姿彩〉，他很快便完成，真是令人佩服。得光的福音詩詞有安慰和激勵。

初心

月下回首心之初
刀劍無情天奈何
可曾迷濛千里霧
雨打殘夢志若磨
石上清泉流不斷
斤斧難砍天上枝
木棉落英色不腿
月落絮飄續可期

16-8-2020，得光

【註】　這環迴藏頭詩出自徐得光，藏頭詩重點字在每句第七字
「何、霧、磨、斷、枝、腿、期」，分拆它們變成新句第一字。

智慧如水

智海無邊人聰慧
慧照堂中吾不如
如今廬山真山水
水月泛波漣漪隨
隨風遂浪風霜命
命友登峰喜相知
知君苦勤賦閑情
情懷詩篇謂知智

17-8-2020

【註】　這是環迴藏頭詩，我的靈感來自徐得光〈初心〉，每句
首尾字都一樣，最後一句尾字「智」與首句第一字「智」相同。

現代香港詩之

人間清歡品詩香月照浮生弄清涼

群力創社歌

歌曲：Electron 群力創社歌
作曲作詞：黃孝輝

共力創造不怕崎嶇山徑

陪伴你去找那路途莫懼淒清

合力創造不怕山風淒勁

唯是最怕

失去那份互助勉勵那份情

群力創理想不怕遠路征

創出新美景

同你創美好不怕遠路征

前途共你闖古荒徑

1981

群力創之一

電子群力創

不怕崎嶇闖

理想共創路

你我耀光芒

16-8-2019

【註】 此詩靈感來自〈Electron
群力創社歌〉。

群力創之二

電子群力創

不怕崎嶇闖

理想共遠征

千世耀萬芳

16-8-2019

【註】 此詩靈感來自〈Electron
群力創社歌〉。

十一

Electron 群力創

四十年回顧詩詞

創作主旨：

　　我回顧中學階段，記憶在母校慈雲山保良局第一中學認識了志同道合的同學。我們享受校園學習生活，課餘時間主動到社區服務，藉此訓練領導才能，挑戰自己組織課外活動。一九七七年 Electron 群力創初期結聚，其後一九七九年正式建會，一九八一年創設會徽和會歌，在社區中心成為獨立義工組織，也出版 Electron 群力創刊物。

　　現在我們已是銀髮老友，雖然組員各走他鄉，但是間中會在港相聚，以下一首詩是紀念 Electron 群力創四十周年，我用七言字句寫下會員的認識，五育活動，懷緬昔日友誼。四十年前的 Electron 群力創是敢於嘗試創新，開啟組織，我們曾失望、失敗、氣餒、抗拒、分歧、爭執、意氣用事和不合作，但是我們也有忍耐、毅力、謙恭、諒解、合作、歡樂、分享、愛心、服務、犧牲和努力，友誼會把我們拉在一起，共同向前。

　　我希望學生能擁有德智體群美靈育的多姿多彩校園生活，擁抱自信的青春，勇敢嘗試挑戰自己，創造美麗生命。

現代香港詩之（十）

人間清歡品詩香月照浮生弄清涼

二六四

內容主旨：

在母校保良局第
一中學認識：
電子園地群力創
七四甲寅開始講
慈雲山區小山崗
蒲崗村路有學堂
保良一中優秀坊
七一創校歷短暫
小六升中讀書房
陌生環境感心慌
孤身來自不同校
新生學子聚此莊
少年十二讀書郎
努力學習德智綱
辛勤毅力群體壯
身體力行美育廠

結緣：
青春火花日劇放
鬼影變幻球難擋
亞洲熱播蘇由美
排球運動者之塘
十數來人參與倉
小息放學練習忙
朝日閒暇齊聚爽
排球場上學精鋼
意志堅持從不降
球賽出戰甚強悍
同肩並赴浩蕩蕩
一心共同頑強抗
勝負得失齊心闖
團隊精神勢飛航
友誼結聚如長江
電子茗芽白玉床
共同志趣上舟艙

同舟共濟艱難擋
五年同窗共池塘
琅琅讀書聲在腔
溫習知識金榜望
智力測驗非魯莽
補習鑽研廖家廊
考試勤奮科場趕
胸懷壯麗志胸膛
學業成績響噹噹
排球學業兩不撞
歲月如飛滄茫茫
黃毛小子高中趙
有意結組不搖晃
己未七九群力創
千辛萬苦心恐慌
排除萬難嘗蜜糖
眾志成城毅前看
終極戰士達彼岸
電子園地花海棠

Electron 群力創不
同階段：
陳述電子組員檔
前後成熟期三筐
前期初結似粗糠
醞釀籌備紊亂缸
成熟期時民主創
鳳凰社照印在刊

Electron 群力創第
一主席：
鎮江首任主席當
別號大口是金鋼
為人幽默多嘢講
活躍鬼馬似小狼

花旗升學留彼幫
家有賢妻陳敏賢
美女野獸甚痴纏
兩子一女皆愛護
曾在港美執教鞭
教學愛心甘霖降
桃李滿門萬千廣
兩年一回聚香江
朋友飯局積脂肪
兩年主席便換莊

Electron 群力創
第二主席：
八零庚申志偉當
次任主席勤勞漢
為人主觀直心腸
堅持己見一立場
如在商界持行政
定當獻身扶遙升
其妻刻苦是阿玲
原來真名叫良永
辛苦照顧豪與詠
令人敬佩情堅貞

Electron 群力創
第三主席：
八一辛酉是志昌
三任主席愛飛翔
喜愛結他聲悠揚
機械電子工程商
歌聲美妙常低唱
生活繁忙漸絕響
年幼瘦削號骨仔
勤勞用功首榜濟
日夜不眠電腦砌

高端科技已識齊
壯年事業威各國
不幸經濟跌落幕
盛年無奈入寒荒
明日再起心再闖
天地無難志仍在
盼得利祿昌隆隆
爾乃電子終主席
畢業各奔無續職

Electron 群力創
男組員：
八二之後無別相
主席一職空了箱

100

先講男員後女計
電子組員各專長
子輝外型高俊偉
沉默寡言運動威
羽毛球技有絕掌
護妻子女有一雙
初中個子人矮小
高中嘆觀型格俏

子權雄獅威猛樣
品性溫順小綿羊
聲線低沉紳士像
彬彬有禮佳士良
尤記鳳珊與本娘
常常捉弄齊商量
錢去樓空已無將
只能拾憶倚空窗

志光宏志若隋煬
東開北建創業商
國內管理生意坊
固執己見血方剛
為人勤奮牛馬當
嬌美翠儀嫁牛郎
溫馨一家養三狗
假期閒來把狗放

振權內斂人慈祥
航海專業無邊疆
沉靜不言不露相
行事穩重不怕霜
低調低聲溫和男
航海人常伴天藍

自莊藝術好工匠
設計創作美奐鑲
常儲懷舊物多箱
沉思慕愛哲學想
長居國內音訊少
半百重聚誠意邀
設計襟飾光輝耀
電子三十社徽驕

孝賢群中是最長
年少創業光明陽
孝輝音樂輝煌煌
社歌曲詞是他幹
賢輝兩人兄弟強
默默耕耘成果雙
互相尊重相敬愛
鳳凰家庭不懼寒

得光幼貧輟學傷

進修力學醫師章
今入濟世懸壺向
初為侍應真極兩
勤儉樸素心向上
傳訊福音各地鄉
昔日排球技高超
扣殺閃電對敵羆

勵章跨國企業掌
白手興業廿歲章
機靈聰明無人及
設計口罩真奇特
產品幾奪國際獎
經歷人生起千乂
樂觀正向心仍上
忠主愛人福音揚

裕彪別號稱世美
英年早逝痛病離
新婚數載妻慘戚
九五噩耗令人寂
難忘三友煮飯聚
午間共餐儀兩美
保良高中此杯羹
黃金記憶永存珍

達賢外號是財孤
關心顧友不拒苦
金融專才宏志揮
心細如塵更愛妻
惟憾盛年剩遺嬬
蠟滅歸天病逝殃
洛華子揚心仍愛
餘生歲月極痛哀

建華早在群力創
中五離汝外地往
美國進修留外邦
生性羞怯少語講
一子一女學有成
父兼母職十分醒
餘閒習武工夫勁
強康健體身保型

電子十五男子漢
個個精英難盡詳
焉知群龍見識廣
文德武略氣高牆
如鷹展翅盤中央
電子特性非凡響
活躍沉靜各自控
續寫十三女強紅

Electron 群力創
女組員：
月紅溫婉人端莊
敬神愛人教堂往
謙虛聰慧女娥媚
慈祥瑞和性格美
愛主事奉獻社群
憐憫幼弱女賢君

200

面書網誌多福音
難得謙遜感恩心

潔儀樂觀又爽朗
正向人生歡樂看
早移加國別香江

四十年來不知況
戊戌一九回港遊
重接電子樂無愁

秀明優雅漂亮裝
音柔美麗愛化妝
品性冷艷骨高傲
尤似寒冬雪山高
身輕如燕體多弱
傷憾庚子初一殃

瑞娥鑽研文學史
藝術繪畫深愛之
離鄉移民英倫舫
一家五口留彼邦
夫君更生離官場
瀟灑隱退往別鄉

愛珍活躍體育精
運動場上變神鷹
秀珍沉靜乖巧嬰
體貼溫純和藹稱
雙珍組內不活躍
電子漂浮有強弱

劉坤才華氣質勁
大方穩重令人傾
開山創業兒童坊
嘖嘖稱奇教育堂
春風化雨育英才
開心樂園更積財

淑霞倩影似天仙
德才有福情相牽
神仙伴侶逍遙對

環球玩樂吃喝鮮
夫妻同心育安澄
優才智慧美傾城
難忘俠侶義助友
感激製包盛濃情
福恩施澤暖流放
萬千感恩善留芳

蘊儀天真活潑品
機智細心人不笨
隨緣平和煩不牽
出閣幸福鴛鴦天
同甘共苦風雨路
相倚相伴天涯前
丕德博士風骨客
籃球名嘴頂尖格

寶娟賢慧守龍家
持家有道不是差
育兒循循善誘道
丈夫兩子深愛她
雪橇靚犬依偎側
龍浩夫君忠耿直
勤勞工作家愛惜
小康之家頌讚嘉

婉芬人緣關係好
同齡身型巨又高
孫氏大娘小黃毛
組員成婚汝最早
人羨覓得好夫君
漢聲才華值萬金
恩愛如昔數十載
相知相惜到現今
芷軒明珠上品人

相貌似娘一個印
歌藝出眾妙歌音
抱孫升級奏樂琴

鳳珊品高性純良
與我同窗共一廂
品學兼優封班長
結他歌聲音柔揚
惟憾年輕意外喪
濠涌單車下命亡
電子首位離人世
音容永留腦海床

玉美幼年平庸星
浪費光陰懶惰精
天資蠢鈍少智慧
友人盡道扶植卿
熱愛藝術和運動
品格剛烈海浪滔
難忘放榜當日路
愛心情義不是輕
為師執教卅八載
家政藝術極精彩
光陰似箭年不再
暮年勤奮習文來
雅樂雅琪朗廷愛
唯憾圓月不永開
長望星塵銀河處
但願身心樂無災

Electron 群力創
刊號：
歷來電子人廿八
結識年華才二八
籌組中期艱苦路

不怕創會辛苦做
群力創刊志昌書
社歌曲詞孝仔著

300

會徽靚圖自莊筆
電子投稿零星葉
首刊四十頁辛勞
八一九月此年度
紀念珍貴得一號
碩果僅存後已無

Electron 群力創
歷年活動：
倚樓細數電子風
遠看綿長路笑同
仰天閃爍如繁星
遙映五嶽翠山濃
彩筆繪製從何起
柳葉絮疏難全記
鬢白粗記臨書憶
殘菊花落已無幾
盡拋腦漿塗大業
讓此丹心照千禧
鞠躬盡瘁忠不悔
務實書傳叟毋欺
暗香幽飄活動揭
詩詞傳遍萬世頁
電子活動培五育
德智體群美共足

德育的活動：
德育重要為核心
人之本源當認真

若得可整全人道
電子培養品德高
道德品質制約人
明辨是非能力深
自尊自信及誠信
可補缺陷而感恩
學習堅毅精神勇
無懼挑戰挫折踴
面對困難力不懈
積極進取樂觀衝
學習尊重多元化
接納每人的偏差
建立和平好關係
和諧共處真心繫
樂於助人克己任
關愛社會扶弱蔭
昔在黃大仙中心
社區服務獻人群
組織投入義工身
攤位遊戲夠創新
主持講座穩似金
課業繁忙不拒絕
幫助老弱更惜心
組員默默提堅振
培育正向態度深
承擔精神同理感
尊重生命關愛建
服務社群好公民

智育的活動：
智育廣闊際無邊
文化薈萃非凡建
經緯可循立人文
解決疑難智慧先
批判思考繼承前

聽講寫讀語文仙
經公數理邏輯論
溫習小組在廖軒
師兄師姐教導謙
晚輩無知浮纏綣
成功學業艱辛路
將勤補拙努力添
年少輕狂創商業
策劃協調如飄葉
農曆年宵花市檔
分股集資欠妥協
攤檔銷售不專業
魯莽輕率心有歉
損失金錢志消沉
惟得經驗寶貴尋
橋牌棋術腦智花
甄仔之居繼廖家
此為昔日彼樂園
閒來玩樂智商加
今因科技雲端易
電子群組頻見時
詩詞歌賦經典字
互勁辯言建詩詞

室內體育活動：
命脈可憑源體育
發展基石之大谷
學習彈性與技能
動作技巧和平衡
協調敏捷力度量
培育道德漸高向
高尚情操好品質
潛能自信展專長
促進身心全健康
調節情緒疾病防

生活健康又活躍
身心和諧壓力弱
保良一中排球場
寶貴回憶腦蕩漾
不少勝負競技賽
群雄挑戰層級上
再記校園雨操場
兼有香港中電場
羽毛球樂跨兩代
難算球毀有幾箱

400

室外體育活動：
親親自然綠生命
視聽嗅味觸鍛鍊
求知好奇廣闊視
天文地理探索知
了解生命重觀察
提升靈性俗氣擦
空氣質素清新路
愉悅心靈凡囂拆
抱擁自由安自在
欣賞高山野花開
樹木榮枯幽谷靜
海浪淘沙細風聲
潮汐漲退黃昏照
月亮盈虧星河嬌
享受藍天碧綠海
電子組人心高興
郊野旅遊大自然
河原旅遊第一泉
海中撐艇在大埔
單車行樂沿車道
露營早有嘉龍潭

景清沙幼大浪西
清水灣伴難忘記
鶴藪浪茄也去齊
流水響更踏足去
嬉水山澗新娘潭
大網仔是燒烤間
大尾篤也隨後繼
麥理浩徑遠足勁
獅子亭徑行不停
大澳門玩風箏輕
夏天暢泳在灘海
西貢清水灣至愛
赤柱石澳兩生輝
淺水灣靚美景垂
西貢船河暑夏迷
萬宜水庫落日暉
大潭城門水塘往
南生圍來齊散步
山頂玩樂去登高
獅子山園捉迷藏
濕地公園雀鳥看
長洲南丫島兩達
東龍島嶼冷看塔
中央公園慈雲山
電子記憶深刻間

群育的活動：
以群為體覓朋友
接納共融法共守
人際關係要和諧
照顧他人的感受
人際脈絡當闊搜
合諧秩序須足夠
障礙關除學磨合
服務體諒不放手

雲飄無邊心自在
上有閒霞彩旗開
飄然自樂乘風去
富貴功名財莫追
貴官皇臺幾惆悵
水邊冷看竟何須
中年盡此晚到時
搖首低嘆樹疏枝
知有人生高低處
己嘗浮雲已自知
共看黎明青山在
聚頭共席惜將來
飲盡福杯情誼載
頤養身康美樂開
養得中和照百年
護惜家園渡遙軒
天陰寒晚漸冬去
年華已逝護身軀

600

Electron 群力創
四十年回顧六百
句，8-8-2019，
曾玉美

勾彈指法聲音正
兩人操藝妙生花
尚有自莊將他加
努力學習齊伴奏
更有鳳珊未忘她
四員特強藝術營
民歌結唱樂盈盈
培養電子人歌聲
課餘雜體唱不停
手擁一本厚歌書
唱出每頁飄飄處
邊彈邊唱樂暢抒
結伴參與壓力舒
尤記參與音樂賽
結他歌曲勤練再
辛勞獲獎放異彩
作曲填詞展智能
歌唱中英學語文
左右兩腦同協調
刺激神經強不少
眼耳肌肉心靈考
發展語言音樂巧
現今世代科網盛
電子組員文學勁
閒聊對詩藝術性
你來我往詩詞競
當有賀年福詞敬
日月年年題材廣
藝術美育心得放

Electron 群力創
四十周年緬懷
總結：
榮祿風光帶不走
華顛極盛莫強求

豐盛美果喜隆隆

美育的活動：
藝術為表裏可資
藉以豐富整存時
發掘培養創造力
也有評價欣賞之
不少選擇想像力
設計能力和美感
直覺動態抒情敢
文化認知意會跟
溝通有效雕塑性
獲得愉悅享受勝
培養興趣兼滿足
認識藝術情境局
真善美感染思想
發展審美技能力
提高藝術文化識
人類生活社貢獻
美化人心浪漫源
飄逸超然自由泉
陶冶性格高情操
生活提升不枯燥
擺脫約束舊觀念
高尚生活態度現
不俗高雅瀟灑見
抒情減壓無焦慮
幸福舒適苦悶除
情感培養增智力
認知情義靠藝術

電子昔日常聚唱
不時齊坐廖家窗
志昌孝輝彈結他
音樂龍頭讚賞嘉

地點數埋共一籮
擎天西貢南朗山
滔滔不絕聲長囉
漢聲婉芬婚宴筵
羅氏嫁女喜共席
長洲海鮮各菜式
港九新界酒樓食
歡飲元朗大榮華
年少農曆團拜家
電子卅年紀念聚
五十半百歲宴追
年年摯友回鄉遊
喜慶人際關係優

500

處事立己立人善
內省自我反思先
自決自覺自律檢
自知自導自勉堅
自我增值去偏見
人生百態自制牽
包容矛盾減分歧
同理心情體諒燃
知己知彼百戰勝
學習差異做精英
愛心開朗禮待人
良好關係友情升
性格差異各不同
放下自大自我中
群體凝聚力相通
工作隨和得意擁
奮鬥精神猛虎進
友誼感情深深種
開心成功人生滿

陌生環境適應揭
鍛鍊外向能力竭
參與社會結合作
健康人生在首頁
團隊精神互相配
各人擅長美德匯
減緩消極治情緒
承擔進步心不灰
寂寞猜忌厭煩除
圓滑美好世界追
學習妥協和忍讓
責任共同相伴隨

電子歷年吃喝聚
美食佳餚人人醉
五月生日成員多
蛋糕蠟燭齊齊吹
那些年聚甚難忘
荒誕輕狂不徬徨
斧山墳場慶祝生
回味無窮人天真
放學茶聚是節目
慈雲山座六十六
舊邨重見景不同
深刻記憶緣刻木
八十年代的士高
舞會風行世熱嘈
鳳凰聚會聖誕舞
隨風電子小羊羔
竹園木屋簡陋槽
踏步遠到山荒蕪
社交舞蹈技術精
惟留笑語津津道

美酒佳餚飯局多

現代香港詩之

人間清歡品詩香月照浮生弄清涼

周 寶 怡

鳴謝周寶怡老師，熟悉她的人便會簡稱她為「周寶」。這個簡稱就是名副其實，她是周圍眾人的寶貝。她是我的同事，她任教英文科，也是輔導組組員。

寶怡是一位眼睛明亮而靈活、漂亮的淑女，舉止優雅，我曾經寫一首名字詩讚美她，現在再借用《詩經・碩人》的句子「燦如春華，皎若秋月」來形容她。她為人和藹可親，十分友善，常常掛著甜美的笑容，她對學生的關心無微不至，極度受學生愛戴。

寶怡的生活態度很認真，她對人十分恭敬有禮，工作態度十分細心慎重，遇上困難不會輕易放棄。寶怡在閒暇的時候喜歡玩樂，她常常與朋友遠足和潛水，享受優美的大自然，也喜歡獨自享寧靜。然而寶怡也喜愛熱鬧，閒時喜歡與朋友聚會、關心和分享，她是一個很好的聆聽者，能夠為人分憂，也安慰別人。

寶怡為人內斂，十分害羞，不善於交際，她在陌生環境下不會主動，只會沉默，所以短暫時間不太懂得表達溝通，其實與她混熟後，便溝通無阻，十分親切。我與寶怡只共午餐數次，大家已經混熟了。希望日後大家可以有更多機會一起玩樂，同行有您。

寶怡是優秀英文老師，我寫了幾首英文詩，得到她的寶貴意見，她給我很大的鼓勵和支持！我有幸能將英文詩和她的照片成功收入此書內，少不了她的幫忙，我深感榮幸，再次致謝！

鳴 謝

羅 漢 聲

　　鳴謝羅漢聲先生，他的妻子是孫婉芬，羅太是我的校友，夫妻是 Electron 群力創的中堅活躍成員。

　　羅漢聲人如其名，他的品性有如羅漢，智慧高超並出塵，性格與世無爭安然，不爭名奪利，往往事與願違而能懂得隨遇而安。他興趣是從自然和清淡中尋找快樂。

　　雖然羅先生是甲子歲月，但光陰不能洗擦純真；他的嗜好是每天早泳，每周定時打羽毛球。偶爾在家中弄孫兒為樂，晚飯和知己閒話家常。他才華橫溢，為人謙遜，生活有如清水淡然安逸，卻又是活出韻味。

　　羅氏夫妻恩愛如昔，細水長流，相敬如賓，令人敬佩。羅太是我初中的閨密，她能覓得此郎君，很為她欣喜。

　　羅漢聲先生的人生哲學、情操和才華，我認為是君子和才子的混合品。多謝他支持，他的作品種類繁多，他是一個非常出色的詩人。下面是漢聲寫的〈曾玉美勁〉名字詩，多謝他給本人很大的鼓勵和讚賞！我有幸能將他的詩詞作品收入此書內，深得榮譽！

曾經花興盛

玉樹未凋零

美景樂徘徊

勁草抵風清

23-3-2019，漢聲

徐 得 光

　　鳴謝徐得光先生，他是我的校友。他是後期才加入 Electron 群力創。

　　得光是一名運動健將，球類及田徑非常出色。他的羽毛球技很棒，排球技術更佳，特別是作攻擊手，他的扣殺球技巧超級無敵，雄姿勁勢無人能抵擋，閃電高速擊地，扣球的聲音如雷貫耳，雖已是多年前的情景，但仍然深刻不磨滅。七零年代，青春火花排球瘋魔，他便是校內大眾偶像和英雄的象徵，當時我也是他的粉絲呢。

　　得光為人孝順，他的性格好動、恬靜兩兼，他聰明智慧，理性沉穩中又富感性，的確是性情中人，他恬靜寬容寵辱不驚。

　　得光熱心貢獻服務社會，他是一位中醫師，不只幫助醫治生理患病的人，更醫心理患病的人，也不辭勞苦醫治靈命，更傳播福音。

　　得光興趣廣泛，室外室內動靜皆有，例如：烹飪、旅遊、欣賞球類比賽、分享健康醫療資訊、聽故事等。閒來享受人生，嗜好多樣化，例如：美食、品酒、聽抒情音樂及歌曲、看電影、踏青、沉思等。

　　得光文學修養高深，多謝他支持，他的詩詞作品多具有深度，我有幸能將他的詩詞作品收入此書內，深感榮幸！

鳴謝

葉翠儀

鳴謝葉翠儀女士，他的丈夫是黃志光，黃先生是我的校友，他的花名叫「阿狗」，夫妻是 Electron 群力創的成員。

葉翠儀女士，人如其名，漂亮優雅。她外貌美麗而且聰穎溫柔有內涵，為人有愛心，性格開朗，感性且健談。她喜歡聽音樂、看電影、做運動、旅行。閒來喜歡做瑜珈，也會悉心為夫君下廚烹飪美食。

黃氏夫妻恩愛如常，硬漢與美女，剛柔相配，令人羨慕。阿狗能覓得此嬌妻，很為他高興。

翠儀語文對詩技巧佳，多謝她的支持，她的詩詞作品字字巧妙，我有幸能將她的詩詞作品收入此書內，深感榮幸！

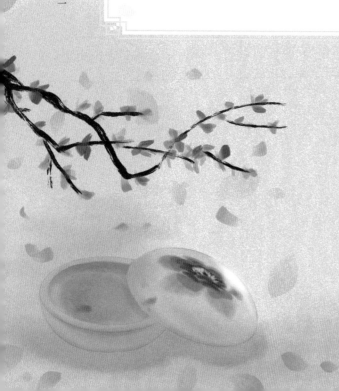

鍾德才

　　鳴謝鍾德才先生，他的妻子是黎淑霞。鍾太是我的校友，夫妻是 Electron 群力創的成員。

　　德才為人敦厚，穩重誠實，富有幽默感，每逢有他坐席的聚會，必然是哄堂大笑，令人樂而忘返，回味無窮，有他出現的地方便有歡樂。

　　德才喜歡羽毛球，他的球技超卓。他的生活很低調，每天積極地、充實地過活，羨慕他能夠充滿正能量地品味每一天。

　　德才非常愛護家庭，對長輩尊敬，對妻子和女兒愛護有加，是一位絕世好夫好父。鍾氏夫妻恩愛融和，常常是幽默不沉悶鬧嘴，活潑互動姿彩生色。更要讚嘆培養女兒方法，有愛心恩慈。

　　鍾氏夫妻有義薄雲天的愛心，當我在患癌化療過程中，他們為我烤麵包，送來食物富有無限溫馨暖流，珍貴友情雪中送炭，是我不會忘記的恩典。

　　我有幸能完成此書，多謝鍾氏夫婦的鼓勵支持，我深感榮幸！

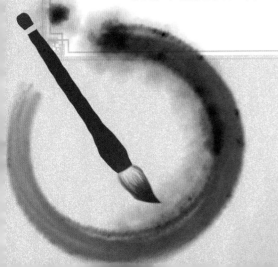

現代香港詩之

人間清歡品詩香
月照浮生弄清涼

作者	**曾玉美**
作者聯絡電郵	ymtsangmay@yahoo.com.hk
作者聯絡 wechat ID	ymtsangmay
編輯	**Margaret Miao**
插圖及封面設計	**許慧琳**
聯絡電郵	huiwai408@gmail.com
設計	**VN Chan**

出版	**紅出版（青森文化）**
地址	香港灣仔道 133 號卓凌中心 11 樓
出版計劃查詢電話	(852) 2540 7517
電郵	editor@red-publish.com
網址	http://www.red-publish.com

香港總經銷	**聯合新零售（香港）有限公司**

出版日期	2021 年 12 月
圖書分類	中國文學 / 詩集
ISBN	978-988-8743-57-5
定價	港幣 200 元正